DU MÊME AUTEUR

Aux Éditions Gallimard

RETOURNER À LA MER, *nouvelles*, 2017 (« Folio », *n° 6520*). Prix Goncourt de la nouvelle 2017.

UNE ÉCLIPSE, *nouvelles*, 2021.

AVALANCHE

RAPHAËL HAROCHE

AVALANCHE

roman

GALLIMARD

I

Nicolas pose son sac sous ses jambes.

Il porte un bermuda bleu marine, une chemise à manches courtes et des mocassins.

J'ai porté ces chaussures moi aussi, elles ont parcouru mille fois le parquet de la maison, ses figures géométriques dans lesquelles je cherchais une signification, les rues du quartier, la poussière des squares, leur cuir est devenu lâche et distendu à force de les avoir mises et enlevées, d'avoir marché sur leurs contreforts pour me grandir.

Nicolas hérite de mes vieilles affaires, c'est la règle des cadets, rien ne peut dormir tranquillement dans un placard, on attend toujours pour prendre votre place, des affaires dans lesquelles j'ai marché, transpiré, dans lesquelles j'ai eu honte.

Mon frère a du mal à ranger son sac au-dessus de sa tête. Il ne fait pas la taille nécessaire, on a peine à croire qu'il rentre en sixième. Il a un drôle d'air, avec ses taches de rousseur constellées sur les joues, sa peau étonnamment pâle, ses cheveux roux et ondulés, ses yeux bleus, de la couleur des produits chimiques qu'on utilise pour récurer les chiottes.

Il a une tête de juif du shtetl, l'air d'un gosse que l'on va persécuter, les mêmes yeux que maman, sérieux et tristes, qui semblent refléter l'intégralité de la misère du monde, cherchent à vous culpabiliser.

— Tu peux m'aider ? chuchote-t-il.

Je continue la lecture de mon journal, *La Tribune de Genève*, un article sur une guerre, les préparatifs d'une invasion américaine.

Nicolas insiste, susurrant plus fort.

— S'il te plaît, frère, je n'y arrive pas.

— Tu n'es plus un bébé, cesse de m'appeler frère, lui dis-je, sans lever les yeux du journal.

Il pourrait monter sur le fauteuil et se hisser sur la pointe des pieds, mais il aurait trop peur qu'un contrôleur n'entre à ce moment dans le wagon pour le morigéner.

Pauvre Nic, toujours si légaliste, s'il pouvait demander une autorisation pour respirer, il le ferait. Si je cesse de lui parler durant une heure, il s'imagine qu'il a fait quelque chose de grave et vient aussitôt s'excuser sans même savoir pourquoi.

Je m'allume une Merit, la fumée s'élève dans le wagon de seconde classe puis redescend avant de stagner au niveau des bouches d'aération.

Il y a pas mal de gens qui ne viennent ici que pour fumer, puis retournent à leur place. J'aime profiter de leur fumée épaisse, celle des riches des compartiments de première, celle des jolies filles me plaît encore plus, elle a traversé leur langue, leur palais, leur gorge, en un baiser profond.

Depuis le quai où elle attend le départ du train, bonne-maman frappe à la vitre de toutes ses bagues, des bagues qu'elle a perdues cent fois, nous ordonnant de retourner l'appartement pour les chercher, des bagues passées sur nos fronts toute notre enfance pour vérifier où en était notre fièvre, qui ont tenu nos mains jointes le soir au moment de la prière.

Un train s'ébranle sur le quai d'en face sans que l'on puisse être sûr de ce qui bouge vraiment, le train d'en face, le nôtre, le quai, une perception soudaine de la dérive des continents.

Bonne-maman frappe à nouveau à la vitre au milieu du brouhaha de la gare, des voix désincarnées annonçant les horaires dans toutes les langues, français, allemand, italien, cela donne le sentiment de faire un long voyage.

Le chef de gare répète les horaires avec cette langueur paysanne, d'une voix lente, comme s'il mastiquait de la boue.

— Ne fume pas à l'intérieur wagon, c'est très mauvais, il y a là-bas wagon sans fumée… Tu m'appelles dès que vous êtes installés, chéri. Aide frère le train va partir, tu vois bien qu'il est petit pour ranger valise, je ne veux pas qu'il blesse mains, ânonne ma grand-mère avec son accent moitié russe, moitié yiddish.

Elle a beau avoir quitté Odessa il y a un demi-siècle, elle parle toujours comme une réfugiée, aucun progrès, à croire qu'elle fait exprès. J'ai des camarades qui sont arrivés de l'Est il y a un an, ils parlent le français aussi bien que moi.

Elle articule exagérément, comme si je pouvais lire sur ses lèvres, que j'étais un sourd-muet en partance pour un institut spécialisé.

Je l'ignore et continue la lecture de mon journal.

Violation du droit international, volonté des peuples à disposer d'eux-mêmes, etc.

Je me ravise, de peur qu'elle ne se mette à hurler, ameutant tout le wagon, me plongeant une fois de plus dans l'embarras.

Je me lève sans la regarder et jette le sac de Nicolas dans le rangement, je suis surpris par la légèreté de son bagage, il ne doit pas avoir plus de trois chemises de rechange, alors que nous serons absents jusqu'à Noël, et encore, il est possible qu'il n'ait emporté que ses partitions.

À quelques sièges de nous, il y a une jeune fille.

Elle porte l'uniforme de notre pensionnat.

Elle vient de s'asseoir dans le wagon, ses cheveux sont coupés au carré, elle a une doudoune noire matelassée pardessus son veston, des Doc bordeaux sans chaussettes, ses jambes sont droites et fines, sa peau est rouge, sûrement le froid, les cils noirs. Les ongles sont peints en violet, elle se les ronge.

Un bandage lui entoure le poignet, elle tire sur sa manche pour le dissimuler.

Je m'inspecte dans la vitre. J'ai la peau hâlée, les cheveux châtains, les yeux clairs, un petit nez, pas comme ce pauvre Nicolas.

De l'autre côté du couloir, il y a une mère avec son enfant et un chien, un berger allemand allongé à ses pieds. La mère, bien que refaite de la bouche et des seins, est assez séduisante, elle me regarde un instant, je prends aussitôt un air sévère en rentrant mes joues, un air tourmenté et romantique, l'air que je prends lorsque je veux plaire.

Jusque-là ça n'a pas vraiment fonctionné.

Son garçon de deux ans rampe sur le sol crasseux du wagon, marmonnant quelques mots.

Il joue avec des figurines et le pelage du chien devient vite un élément de camouflage pour ses personnages. Il approche sa tête de la gueule du molosse, qui grogne. La mâchoire de ce chien est si puissante qu'il pourrait d'un coup de dents arracher toute trace d'enfance de son visage.

Je suis toujours mal à l'aise en face des animaux, leurs réactions imprévisibles, les possibilités d'une attaque.

Bonne-maman frappe à nouveau à la vitre.

Il me semble que l'écolière en sourit.

— Qu'est-ce qu'il y a ? dis-je en articulant exagérément.

— Ne fais pas ton *chutzpah* ! me dit-elle, en yiddish cette fois pour m'excéder.

— Je ne comprends rien !

— Je t'ai trop *shraié*, insiste-t-elle, roulant les r exagérément. Tu m'appelles de là-bas alors ? fait-elle en mimant un combiné téléphonique d'une main. Et mon petit Polonais – c'est ainsi qu'elle appelle mon frère –, il doit travailler piano trois heures par jour, trois heures, pas deux ! Et qu'il mette cailloux à tremper à nouvelle lune ! Tu m'entends ? Le jour de nouvelle lune ! Tu m'appelles ? Fais bien attention pendant trajet !

— Attention à quoi ? Que veux-tu qu'il nous arrive ? Qu'on tombe sur un pédophile ? Qu'on se fasse enculer ? dis-je à voix basse.

— Je n'ai pas compris, parle plus fort !

Bonne-maman reste gauchement sur le quai, dansant d'un pied sur l'autre, soufflant dans ses mains pour les réchauffer, mimant des gestes tendres à Nicolas, des baisers qu'elle lui envoie dans un mouvement théâtral et outrancier, des gestes absurdes pour un enfant de l'âge de Nicolas.

J'ai honte que l'on puisse penser qu'elle est notre mère, honte de son affaissement, de ses épaisses jambes de babouchka. Honte aussi de son accoutrement, les élèves de ce pensionnat sont riches et nous sommes fauchés, quand elle fait du thé elle vérifie toujours la quantité qu'elle met dans son dé, elle ne s'achètera sans doute pas de vêtements neufs tant que nous serons dans cette école, toujours son vieux châle, elle n'ira pas non plus se faire soigner les dents ou couper les cheveux et nous devrons supporter cette tignasse, puisqu'il n'y a pas d'autre mot pour décrire cette chevelure d'algues folles.

Mère est morte, un accident de voiture, un camion arrêté sur le bas-côté, les feux éteints, une soirée ordinaire, rien d'exotique, à deux kilomètres de la maison, une route de mort au carrefour Meyrin-Croix-Rousse, je ne vois plus bien son visage, il a tendance à s'effacer. Lorsque je la revois, je me souviens de ses yeux bleu-violet et de sa tenue ce jour d'entre les jours, un pull Mickey Mouse, un sweat-shirt de gamine, une souris à quatre doigts lui a servi de linceul.

Nicolas n'était pas dans la voiture, papa non plus.

J'ai du mal à entendre d'un côté depuis l'accident, une perforation du tympan, mère a eu le coup du lapin. Je m'en suis bien sorti.

Je n'ai pas vu le conducteur du poids lourd.

Les médecins ont précisé qu'il fallait que j'évite les sports violents ou la plongée, que ma tête avait été fêlée, quelque chose de cet ordre, qu'on ne pouvait encore connaître les répercussions sur mon caractère.

Père a décidé de voyager, un poste en Amérique du Sud, il envoie une pension à bonne-maman. Je ne sais pas combien il lui donne. Quel est le prix de sa tranquillité ?

Cette année, il a estimé que nous ne pouvions pas rester indéfiniment avec une vieille dame dans cette maison au parfum fade de mouroir, et puis ce petit prodige de Nicolas trouvera des professeurs à sa hauteur, avec ses pattes à piano, ses concertos, son âme slave quand il joue Tchaïkovski, son âme française lorsque c'est Ravel et mon âme à moi, à demi sourde.

Malgré la bourse de Nic, les frais de scolarité sont si élevés que je ne suis pas sûr que mon père puisse continuer à verser une quelconque pension à notre grand-mère. « Des relations pour la vie », c'est ce qu'elle ne cesse de nous répéter, « grande chance pour le futur, internat le plus prestigieux d'Europe », je crois que ces mots sont surtout destinés à se convaincre que sa solitude ne sera pas vaine.

Pourvu que le train parte, que je quitte ma vieille babouchka aux cheveux rouges, ce rouge encore incroyablement vif, ses cheveux doivent bien blanchir avec les années mais elle s'accroche à leur couleur comme au dernier éclat de sa jeunesse.

À sa place j'aurais béni ces cheveux blancs mettant fin à une interminable existence de rouquine paria. Un homme s'approche de la vitre, fait un petit geste, recule.

— Prends bien soin de frère, je compte sur toi, comme les doigts de la main, me dit-elle.

C'est ce qu'elle dit toujours en parlant de mon frère et moi, montrant ses petits doigts enlacés.

— Les doigts de la main, répète-t-elle.

La seule utilisation que je compte faire des doigts de ma main, c'est pour me branler.

Le train démarre enfin.

Quelques mouchoirs s'agitent, un homme suit, les mains dans les poches, le mouvement du train, c'est alors que bonne-maman se met à courir d'un pas lourd, accélérant comme elle peut, rougissant.

Je prie pour qu'elle cesse, mais elle nous sourit, elle accélère, ses petites jambes se précipitent sur le quai, je baisse les yeux, elle dit quelque chose, mais j'ai déjà mis mon casque, la guitare métallique des Red Hot Chili Peppers vibre dans tous les sens et le solo de John Frusciante ne va pas du tout avec la course ridicule de cette vieille dame aux lèvres tremblantes de mots d'amour. Le clip le plus raté de l'histoire de MTV.

Le train sort de la gare, je soupire de soulagement. Les banlieues, les bâtiments entortillés dans du fil électrique, le matin couleur d'un canon de fusil, les toits couverts de fientes de pigeon, tout cela me fait l'effet d'un nouveau départ, porteur d'un indéfinissable charme, celui de l'aventure, de la liberté.

Le train passe au ralenti devant une barre d'immeubles.

J'aperçois un homme, jogging baissé, qui se masturbe au bord des voies, son sexe gorgé de sang, il jouit au passage du train. Est-ce qu'il se maintenait en équilibre ainsi depuis de longues minutes, attendant ses spectateurs ? Que puis-je comprendre de son plaisir ? De sa solitude ?

— Tu as vu ce type, me dit Nicolas, c'était quoi ?

— Un mec dans ton genre, très doué avec ses mains !

Nic se marre.

Par les haut-parleurs, la cheffe de bord fait une annonce concernant l'étiquetage des bagages, elle a une voix formaliste et sèche, la voix d'une fonctionnaire zélée qui appliquera toujours les ordres, n'importe quel bordereau, pourvu qu'il soit dûment tamponné, pourtant je me sens si léger et heureux que je lui trouve quelque chose de sensuel, à cette voix.

Le train grince et résonne, fait le bruit d'un mourant sous poumon d'acier.

Je vais me masturber en vitesse dans les toilettes du train, le mouvement des rails et l'inconfort de l'endroit m'aident à venir rapidement.

Lorsque je regagne ma place, une grosse femme me regarde, comme si elle savait que je ferais bientôt partie moi aussi de cette confrérie honteuse des petits messieurs en imper taché qui jouissent au passage des trains.

Elle fait glisser des chips dans son gosier, à ses côtés un homme au crâne chauve sort une bière, je peux sentir l'odeur du houblon entre les banquettes en moleskine, une odeur qui présage soirées, boissons dans les tavernes, ivresse. L'homme ne cesse de sourire bêtement à sa femme, qui ne lui renvoie que des regards méprisants.

Je dévisage la mère de l'enfant, ajustant ma cravate.

Je lui jette des regards obliques, dans lesquels j'essaie de mettre toute mon âme. Elle ne lève pas les yeux.

Elle dodeline de la tête avec les cahots du train.

Des forêts de bouleaux défilent par les fenêtres, de fragiles maisons, vertes ou turquoise.

Un coup de vent et il faudra tout reconstruire.

Nicolas reste à moitié debout, incapable de s'asseoir et de tenir en place, le nez collé à la vitre, comme le chien à l'arrière de la voiture lorsque nous approchions de la campagne, toujours à contempler quelque chose, ici une montagne, là un groupe d'oiseaux volant en formation ou un ruisseau scintillant de cailloux, comme s'il attendait que je lui dise d'aller chercher un os ou un bâton.

Mon Nicolas aux cheveux orange pâle, tirant vers le jaune, son air préoccupé, ses sourcils translucides, le peintre qui l'a dessiné a dû oublier les finitions.

Il s'approche du chien, le voilà qui joue sur le sol crasseux avec le molosse.

Il ne peut s'en empêcher, il a beau avoir été mordu par des

chiens, griffé par des chats, au point de manquer de perdre la vue, il n'apprend rien et revient toujours avec la même innocence.

— Comme tu es joli, toi !

Le chien grogne, la maîtresse tire sur la laisse.

Comment les animaux font-ils pour ne pas voir sa bonté ? Comment un chien peut-il grogner au passage de mon frère, les yeux nourris d'une haine imbécile.

Le wagon longe les vignes du lac Léman, des coteaux en escalier gorgés de soleil, au loin il y a un voilier.

Le train traverse un petit village que borde un cimetière, je ferme les yeux pour effacer les tombes.

— Vous allez aussi à l'institut du Rocher ? me demande soudain la lycéenne, s'asseyant sur la banquette libre en face de nous.

Je fais oui de la tête, plissant le front pour me donner un air tourmenté.

— Vos parents font quoi ? Combien ont-ils payé pour qu'on vous accepte là-bas ? Moi, mon père a des gisements de gaz, et vous ?

— Notre mère est morte.

— Et votre père ? dit-elle en se redressant sur la banquette, perdant ses yeux vers le paysage.

— Il voyage beaucoup, il est physicien, il donne des cours.

— Moi mes parents n'en ont rien à foutre de moi, ils ne m'ont donné que de la merde... Professeur de physique, ça gagne rien, comment il paie l'institut ? Il vend des bombes nucléaires à des Arabes ?

— On a eu une bourse à cause du piano.

— Ah vous êtes de la promotion *Rain Man* ?

— Qu'est-ce que c'est ?

— C'est comme ça qu'on appelle les pauvres qui ont une bourse, les musiciens, les joueurs d'échecs, les *Rain Man*, quoi.

— C'est mon frère qui joue du piano.

— Tu as quel âge ?

— Quinze ans.

— Tu t'appelles comment ?

— Leonard.

— Moi c'est Alexia, on m'appelle la tsarine.

— Pourquoi ?

— Je te raconterai peut-être un jour. Et toi ? Tu as quel âge ? dit-elle en toisant mon frère.

— Nicolas a douze ans.

— Il est muet le gnome ?

Elle me regarde fixement.

— Tes cheveux, me dit-elle, ne les coupe pas, laisse-les pousser !

Le train a pris sa vitesse de croisière, il fait le bruit d'un petit singe à présent.

Un groupe d'adolescentes passe en gloussant comme des oies, les oies sont les mêmes partout sur terre.

Une petite fille court dans le wagon, « Vevey, Vevey, Vevey, répète-t-elle, voilà Vevey », comme si elle annonçait les temps messianiques.

Sa nourrice la fait taire.

2

À la sortie de la gare, un accident a créé un embouteillage, des voitures avancent lentement jusqu'à une Golf gris métallisé qui a fini son trajet contre un pylône, l'habitacle enfoncé. Les secours sont partis mais une voiture de dépannage est encore sur place. Chaque automobiliste ralentit en tournant la tête, essayant de visualiser l'état des passagers, la compression des chairs, un frisson de plaisir à imaginer que le malheur a frappé ailleurs.

— Pourquoi les gens s'arrêtent pour regarder ? demande Nicolas.

— Parce qu'ils espèrent voir un macchabée, commente la tsarine assise à l'avant, ils sont aussi heureux qu'au zoo. Les gens sont débiles, il faut s'y faire.

Une fois l'accident passé, la route qui longe la vallée est libre et le chauffeur peut accélérer, laissant le moteur ronronner.

Mon frère baisse les yeux, joue avec les boutons de son veston.

Il pose les mains sur ses oreilles et regarde le tapis de sol, le visage de travers.

La voiture serpente à flanc de montagne et Nicolas commence à avoir mal au cœur, je peux le voir à la teinte vert-de-gris que prend sa peau.

— On est presque arrivés, concentre-toi sur l'horizon, ça passera.

Il s'exécute, fait rouler ses cailloux dans sa poche.

— C'est votre première année au pensionnat du Rocher ? demande le chauffeur avec un lourd accent paysan alémanique. C'est une bonne école, très réputée, on vient étudier ici du monde entier !

— Ouais, si tu veux apprendre à couper de la coke avec du verre c'est pas mal comme bahut, interrompt la tsarine.

Le chauffeur ne répond pas.

— Ou à sucer des queues de puceaux qui ne savent pas se retenir et prétendent que c'est parce qu'ils sont amoureux !

— Vous devriez parler plus correct, mademoiselle, gronde le chauffeur.

— Il y a des courts de tennis, n'est-ce pas ? dis-je pour détourner la conversation.

— C'est ce que dit la brochure, répond la tsarine, mais les élèves sont tellement cons qu'ils ne peuvent s'empêcher de tricher à chaque point.

— Et toi mon bonhomme, tu rentres en quelle classe ? demande le chauffeur.

Nicolas hausse les épaules et me regarde.

— Tu ne veux pas répondre ?

— C'est un autiste, à l'hôpital il y en avait plein, il est à moitié demeuré, il parle pas, commente la tsarine, c'est comme *Rain Man*, vous avez vu, avec Tom Cruise ?

— En sixième, répond enfin mon frère.

— Il paraît qu'il se met des hamsters dans le slip !

— Ah ! C'est le grand changement alors, ajoute le chauffeur, ignorant les remarques de la tsarine.

— … Ou alors c'est Richard Gere qui fait ça ?

Le chauffeur augmente le volume de la radio pour couvrir la voix de la tsarine qui continue à déblatérer tandis que nous roulons sur la petite départementale en lacet bordée de cyprès et de cèdres.

Nicolas se retourne et voit la route défiler par la fenêtre arrière de la voiture.

— Regarde devant toi, sinon tu vas avoir mal au cœur.

Il reprend sa position, affalé entre le siège conducteur et le siège passager, les mains couvrant à nouveau ses oreilles.

— J'ai l'oreille absolue, c'est pour ça que j'ai souvent mal au cœur, déclare Nicolas d'une voix triste, j'ai le mal des transports.

— Je dois pisser, c'est possible de s'arrêter ? dis-je.

Le chauffeur remue la tête en se parlant à lui-même dans un patois des montagnes. Il arrête la voiture au bord de la route, coupe le contact, le dauphin de son porte-clés continue à se balancer, les lois impitoyables de l'inertie.

Je m'éloigne pour aller me soulager devant une barrière qui semble ne pas garder grand-chose.

Au moment où je commence à me débraguetter, un chien s'élance du terrain, aboyant dans ma direction. C'est un chien d'attaque, musclé, ramassé, de taille moyenne, un de ces bull-terriers au poil blanc et ras, le contour des yeux et le museau roses comme la peau d'un verrat.

Je me précipite vers la voiture, où je me tiens un instant la main sur la poignée, puis voyant que le chien reste à distance, sans doute entravé par une clôture ou une laisse invisible d'où je suis, je me rapproche prudemment.

Le chien, me voyant revenir, redouble de rage et des stalactites de bave s'échappent de sa gueule ouverte. Je le regarde un instant puis je commence à pisser, projetant le jet jusque sur ses pattes.

D'abord surpris par l'attaque, il se contente de pleurnicher d'indignation, puis il se remet à s'agiter, s'étrangle de rage, saute en l'air, s'entortille sur lui-même, enroulant la chaîne métallique autour de son cou. Plus il se débat, plus sa prison se resserre, plus je m'approche. J'ai dû boire énormément car il me semble que je le recouvre de pisse, une odeur de médicaments s'échappe de mon urine légèrement rosée, j'en conçois une vague inquiétude mais je me rassure, sans doute les betteraves de la veille.

Le chien devenu fou à présent est tellement entortillé dans sa chaîne qu'il ne peut presque plus bouger, collé au sol, pattes écartées, évoquant une de ces photos de bondage japonais.

Je retourne à la voiture où le chauffeur et la tsarine demeurent silencieux.

La Mercedes redémarre, Nicolas dort, c'est toujours ainsi, il a mal au cœur et puis d'un coup il s'endort, hypnotisé par le bruit du moteur.

Ses paupières tressaillent dans les premiers instants du rêve.

Je me perds dans des pensées, j'imagine Alexia en cours de gym, moulée dans un fuseau, ou sur le cheval-d'arçons, exécutant quelques figures acrobatiques, son cul dans son collant.

Des cailloux reflètent le soleil jusqu'à l'horizon, là où ils se confondent avec le ciel, les névés au loin, un royaume de glace qui s'étend, sans fin.

3

L'institut du Rocher se trouve au-dessus de la ville, dans un ancien hôtel. Il y a un bloc de pierre imposant, au milieu de la cour principale, dont il tire son nom. C'est une école privée, des élèves sont en internat, une minorité rentrent chez eux le soir.

Les cours sont dispensés en anglais et en français. Certains peuvent choisir l'arabe ou le chinois, les langues stratégiques de demain.

Il y a une piscine, deux courts de tennis, l'un en terre battue, couvert, l'autre en gazon synthétique. Des joueurs classés du circuit Challenger viennent parfois donner des stages de perfectionnement.

Pour ceux qui ne rentrent pas chez eux le week-end, un ketch est à disposition, on peut y apprendre la voile sur le lac.

L'hiver, l'école se délocalise à la montagne, en Suisse alémanique, dans un des plus grands domaines skiables au monde.

Pourtant la première impression est celle du découragement.

Ce n'est pas le charmant country-club aperçu sur les brochures publicitaires, plutôt un bâtiment austère qui se dresse contre la ville, et semble avoir été déjeté par quelque vaisseau extraterrestre en manque de carburant.

Le parking débouche sur plusieurs bâtisses en quinconce, sillonnées par des allées de béton.

Nous embarquons à bord d'une golfette conduite par une élève en uniforme.

Elle porte une veste et une jupe bleu marine à rayures verticales avec un écusson de l'institut, un foulard bleu et or autour du cou.

Je sors une Kool au menthol d'un nouveau paquet et lui en propose une.

— Je ne fume pas, dit-elle.

Je mets le cylindre de papier dans ma bouche, gratte l'allumette et inhale lentement. La fumée trouve son chemin dans mes poumons, remonte dans les alvéoles de mes bronches, elle a un goût de papier et de foin parfumé au dentifrice.

Je tire profondément dessus à nouveau.

L'air des montagnes mélangé au tabac me rend euphorique.

Nicolas est assis avec les bagages à l'arrière, il lève son bec d'aigle au vent comme s'il pouvait sentir les odeurs de la maison, du bortsch de maman, les cuisines de l'immeuble, les eaux de vaisselle, rien qu'en tendant le cou, par-delà les forêts.

— Voici le cloître et la grande bibliothèque! dit-elle en nous montrant un vaste escalier qui, au premier étage, se divise en deux puis monte en spirale.

— C'est ton frère ? demande-t-elle. C'est lui le pianiste ? Vous ne vous ressemblez pas beaucoup. Le dortoir des garçons est ici, celui des filles est là, précise-t-elle.

Elle hausse les épaules et s'éloigne avec la tsarine qui me fait un signe obscène en se retournant.

Je me contente de les saluer de la main.

Un homme nous attend dans un couloir surchauffé, comme un mirage apparu dans la brume de chaleur des radiateurs, ses jambes courtes lui donnent les proportions d'un nain. Je me méfie des hommes petits, ils ont forcément une revanche à prendre sur la vie.

— Je suis monsieur Worms, le surveillant général, je vais vous mener à vos chambres.

Une équipe de femmes de ménage est en train de passer la serpillière sur le sol d'un vaste hall, trois Indiennes font glisser leur balai dans le contre-jour avec une précision de ballerines. À leur côté se tient un adolescent luisant et obèse, un casque audio sur les oreilles, accomplissant des gestes imprécis.

— Certains élèves accompagnent les équipes de nettoyage ! dit le surveillant.

Nous le suivons dans l'escalier central, chaque marche semble reluire comme un miroir.

— À la première infraction concernant l'entretien des chambres, précise-t-il, l'élève est puni et doit participer au nettoyage, il n'y a aucune entorse au règlement. Ici, le principe est à la responsabilité collective, le savoir-vivre est une des choses les plus importantes de notre établissement, c'est pourquoi l'institut ne convient pas aux enfants violents ou asociaux. Il y a plus de trente nationalités représentées, de toutes les religions, des chrétiens, des musulmans, des juifs, des bouddhistes, et même des sikhs, dit-il avec enthousiasme, répétant mot à mot les termes de la brochure.

Il cherche quelque chose dans les poches de son pantalon rouge, en sort une clé. Cette couleur devrait être uniquement réservée aux clowns.

— Voici votre chambre ! dit-il en tournant la clé dans la serrure.

— Nous sommes ensemble ?

— Oui, nous avons installé un piano d'étude.

— Je suis en première, il est en sixième !

— Ici les grands sont solidaires des petits, l'une des choses les plus importantes est l'entraide, nous sommes une seule et même communauté.

— Ce sera plus simple pour la piqûre, me dit Nicolas.

— Quelle piqûre ?

— Mon frère suit un traitement.

— Il faudra mettre l'infirmerie au courant de toute substance ou médicament introduit sur le campus.

— Il serait peut-être temps que tu te piques toi-même, petit vieux ?

Nicolas hausse les épaules.

— Tu préfères dormir au-dessus ou en dessous ?

— Au-dessus.

— Le dîner est servi à dix-huit heures trente, à tout à l'heure !

— Est-ce que nous pourrons avoir une télévision dans la chambre ?

— Ce n'est pas prévu… Nous avons un dicton qui se vérifie d'année en année, à l'institut du Rocher : "Ceux qui sont impatients apprennent la patience et ceux qui sont patients deviennent impatients." Intéressant n'est-ce pas ? À méditer !

Nic est déjà assis au piano, il caresse les notes et commence une étude, je n'aime pas ce qu'il joue, crispant, dissonant, mais ses mains, comment fait-il pour être aussi agile ?

Il est ici pour étudier avec une Polonaise censée former les meilleurs concertistes.

Je jette mes boots à travers la pièce et mets mon casque sur mes oreilles, les Pixies peinent à couvrir les arpèges diminués de Debussy, j'enlève le casque.

— Arrête ça tu veux, je suis crevé.

Il s'arrête, sort une photo de maman de son portefeuille et la scotche sur le mur au-dessus de son lit, puis il prend les cailloux qu'il garde dans sa poche et les met à tremper dans un verre d'eau. Je ne sais pas ce qu'il trafique avec ces pierres censées être des débris de météorites, c'est ce que babouchka lui a fait croire, « des cailloux tombés du ciel pour te protéger et communier avec maman, le lien astral entre toi et ta mère ne sera jamais rompu, nous sommes tous des étoiles », etc.

J'ai beau lui dire qu'il y a autant de l'âme de sa mère dans les étoiles que de celle de Hitler, il continue à laisser tremper ces pierres dans l'eau à la pleine lune dans l'espoir de garder un lien avec maman.

— T'as entendu parler des bizutages ?

Je hausse les épaules.

— Il paraît que c'est dur ici. Tu préfères quoi, avoir des dents en mousse ou être suivi par quarante canards toute ta vie ?

— Quarante canards !

Je suis allongé sur mon lit, je compte dans ma tête les jours qui nous séparent des vacances de Noël, que vais-je faire durant ces trois mois, apprendre quelques leçons aussitôt oubliées, libérer cent millions de spermatozoïdes trois fois par jour sur un kleenex, une serviette-éponge, un rideau ? Combien d'heures devant la glace à observer les muscles se dessinant trop lentement, les transformations incessantes de mon visage, le nez qui s'allonge, la bouche trop généreuse, essayant de changer mes traits, lèvres pincées, front plissé, comptant les poils de barbe apparus récemment, d'une couleur incertaine.

J'ai toujours aimé compter, plus petit je comptais les jours, les nuits, les mois, et tout ce grand calcul avait la forme d'un cercle parfait où chaque jour était un petit caillou poli par le temps, et les semaines tournaient en rond comme sur un circuit automobile, alors le temps était un cercle et la mort n'existait pas. Peut-être était-ce simplement parce que l'appartement où nous vivions à cette époque avait une distribution circulaire, en orbite autour de la chambre où nos parents dormaient, et qu'à force il m'avait semblé que tout ce qui existait dans ce monde était nécessairement cyclique.

Je compte encore les jours depuis la mort de maman, elle aurait pu mourir plus tôt après tout, je repense aux endroits où nous sommes allés avec elle, toutes ces journées éblouissantes.

J'entends des bruits de pas, des voix qui résonnent et se réfléchissent dans la cour comme dans celle d'une prison. Nic s'est déjà endormi.

Les branches des tilleuls sont balayées de droite à gauche. Par instants des minuscules gouttelettes sont projetées sur les vitres, comme sous l'effet d'une pulsion violente.

Dans la chambre la chaleur est douce.

Il y a des bruits à travers les cloisons, peut-être des insectes qui ont colonisé les lambris, ou des rats galopant dans la cour.

Parfois il me semble que je n'ai jamais été un enfant innocent comme les autres, que je suis né vieux, travaillé par l'inquiétude comme le bois par les termites.

« Ici ceux qui sont impatients apprennent la patience, ceux qui sont patients deviennent impatients. »

Je ne médite pas longtemps, je m'endors à mon tour, rideau.

4

Je suis assis sur mon lit, un magazine de moto sur les genoux.

Nicolas est en train de travailler son piano en salle de répétition avec la Polonaise. Par la fenêtre j'entends les cris d'un match de foot, une sensation d'angoisse me serre le gosier. Je regarde les élèves courir derrière la balle, se rouler par terre en simulant une blessure, comme le font les joueurs à la télévision, j'ai une envie inexplicable de pleurer, peut-être à cause de la fêlure de mon crâne, une faille par où la joie s'écoulerait, comme une fuite d'huile, il paraît qu'en vieillissant les cellules de l'anxiété meurent avec les neurones, il n'y a plus qu'à attendre.

Je tourne les pages de mon journal de moto, une Ducati 900, la nervosité de ses lignes, les courbures, l'éclat des chromes, la chose qui me fait le plus bander, plus que la chatte des filles, plus que le cul, c'est l'idée de pouvoir un jour chevaucher ce scrambler dès que j'aurai passé mon permis, partir, le réservoir entre les cuisses, traverser les villages, les forêts, par une journée radieuse, enchaîner les tunnels, accélérant, passant les cent quatre-vingts, frôlant les pylônes, fermant les yeux, un voile noir, quelques secondes dans la courbe, le ventre d'une mère.

Ce soir nous nous réunissons dans le réfectoire, nous regardons le journal télévisé, la frontière entre l'Autriche et la Hongrie est tombée, des milliers d'Allemands de l'Est se préparent à l'exil. Un reportage sur le parc du Pic où les toxicomanes sont chaque jour plus nombreux. Sur les images on peut voir des jeunes gens, semblables à des chats mal nourris, se posant des garrots les uns aux autres, bouches ouvertes, alanguis sur les pelouses brûlées par le soleil à deux pas du centre bancaire de la Bahnhofstrasse accusé de blanchir l'argent du trafic mondial. « Les transactions en elles-mêmes ne tuent pas », déclare un banquier offensé.

Nous changeons pour MTV, un clip de George Michael, « *freedom* », répète le chanteur. Des top models se succèdent, Linda Evangelista en perruque blonde et blouson en cuir chante ce qui doit être un hymne à la liberté sexuelle, « *freedom* », répète-t-elle, Naomi Campbell en tenue de strip-teaseuse, body en cuir et porte-jarretelles, « *freedom* » psalmodie-t-elle aussi, Christy Turlington, plus chaste, en robe de mariée à traîne blanche, arpente les marches d'un palais en chantant le même mot, « *freedom* » !

Par instants les top models sont remplacées par des jeunes garçons inconnus et musclés qui regardent l'objectif avec lascivité, les lèvres humides.

« *Tout ce que nous avons à faire est de prendre ces mensonges et en faire la vérité* », chantent-ils en chœur.

Est-ce que ce n'est pas aussi le principe de la politique extérieure des grandes nations ?

Certains ont des postes de télévision clandestins grâce auxquels ils regardent les films porno de Canal+ en crypté, essayant de deviner une sodomie dans le mouvement d'un pixel, un gang bang dans la vibration et le scintillement d'une forme de l'écran, une abstraction codée où nous pouvons plaquer nos fantasmes du jour. C'est le son de ces films qui nous excite le plus, un son de fouissement, comme si on cherchait à pénétrer dans nos cerveaux, y introduire à jamais des images d'humiliations, de dominations venues d'un autre monde.

Le soir à vingt-deux heures c'est l'extinction des feux. À travers les cloisons minces, on entend encore des rires, des transistors au loin, le couvre-feu d'une prison, l'écho de George Michael, tout s'éteint, parfois un beuglement, un pet, suivi d'un rire étouffé, puis le silence. Chacun règle son réveil, met son appareil pour la nuit, les dents se redressent, les queues aussi, on met son casque.

De là où je suis, je n'entends que le froissement des draps que l'on replie, des oreillers que l'on tourne, une position que l'on cherche.

Je peux imaginer tous les garçons de mon étage commençant à se caresser en silence, pouponnière de fantasmes primitifs, paupières fermées, chacun choisit sa partenaire, Linda Evangelista, Naomi Campbell outragées, violées, gangbanguées. Je peux imaginer les garçons du dortoir jouissant sur ces saintes images, souillées dans toutes les positions imaginables, hanches défoncées, matrices fendues, et traitées de la sorte dans tous les internats d'Occident, puis chacun glissant lentement, à la simple force du poignet, vers d'autres objets plus obscurs, plus marécageux, même sexe, même famille, humiliations, violence, un nid de remords et de culpabilité.

Je me caresse à mon tour.

Dans le bruit des frottements, j'entends Nicolas prier, peut-être que son cerveau est le skimmer qui filtre les pensées impures de l'institut, que ses cantillations antiques agissent comme les pastilles de chlore de la piscine olympique.

Ou peut-être est-il encore en train d'essayer de communiquer avec notre mère grâce à ces cailloux qu'il prend pour des météorites.

Il prétend qu'il peut parler avec elle à travers la musique, qu'il arrive à entendre sa voix, quelque part entre les portées, ce territoire invisible auquel je n'ai pas accès.

Je jouis et m'essuie sur un coin de drap, mais la culpabilité et la rage qui sont en moi depuis l'accident ne sont pas excrétées sur ce petit bout de tissu collé, rêche de foutre.

Je me réveille au milieu de la nuit, je me hisse jusqu'à la couchette de Nicolas.

Elle est vide, à l'exception de quelques objets regroupés dans un coin, une peluche élimée, des sucreries dans un sachet en papier, une figurine sans tête et sans bras et ses sacro-saints cailloux. Ses draps sont roulés en boule, une odeur de gel pour les cheveux ou de parfum s'en échappe.

Il a encore mouillé son lit et l'a recouvert d'une eau de toilette de bazar, je ne sais pas où il a récupéré ça.

Je le trouve dans le couloir, assis sur une marche, mon sweat-shirt Vision autour des épaules, son visage est éclairé par la lune, il a les yeux mi-clos.

— Tu es gelé, viens te coucher.

Il ne me répond pas, on dirait qu'il fait une crise de somnambulisme, comme lorsqu'il était enfant, je lui touche l'épaule, il sursaute.

— Tu as encore eu un accident ?

— J'ai du mal à respirer.

— C'est l'altitude, ça assèche le nez.

— Je ne rêve plus de maman depuis que je suis ici, peut-être qu'elle n'arrive plus à me trouver, que ces montagnes font obstacle, je ne sens plus sa présence.

— C'est à cause d'un rêve que tu as mouillé ton lit mon pauvre vieux ? Moi aussi je fais des cauchemars, il y a moins d'oxygène ici, ça crée des angoisses, surtout la nuit, mais tu vas t'habituer, il faut que tes globules rouges augmentent dans ton sang, c'est chimique !

— Tu es sûr ?

— Mais oui, c'est l'altitude, tu vas nous faire des bons gros globules rouges et tout ira bien, allez viens, tu peux dormir dans mon lit si tu veux.

— Tu diras rien ?

— Mais non, t'es con.

De bons gros globules rouges, des mots rassurants, familiers, une bonne grosse nuit de sommeil, c'est ce que maman nous disait chaque soir. Il me suit, je serre sa main dans la mienne. Il change de pyjama, son torse est une ossature d'oiseau, il semble ne pas grandir d'un pouce, on dirait parfois qu'il n'en a pas envie.

Nic grimpe dans mon lit et se colle contre moi, je sens ses pieds gelés, je les réchauffe, comme le faisait maman, son souffle est irrégulier, sa poitrine s'abaisse et remonte, tantôt rapidement, agitée, tantôt très lentement dans un profond soupir avec un petit sifflement lointain dans les bronches.

Je ferme les yeux, j'imagine un train dans la montagne, des wagons qui raclent les rails.

— Elle a dit quelque chose sur moi ?

Je fais semblant de dormir.

— Elle n'a rien dit sur moi ou tu n'as pas entendu ?

— Elle n'a rien dit sur personne.

— Tu crois qu'elle pensait à nous ?

— J'imagine qu'elle ne pensait à rien du tout, juste à respirer, elle n'a pas eu le temps de penser à quoi que ce soit en fait, elle a gémi quelques minutes et c'était fini.

— Ce doit être comme quand on s'endort, rien de plus, on est éveillé et puis sans s'en apercevoir on plonge dans un autre décor.

— Que veux-tu que j'en sache ?

— Moi quand je regarde le ciel je me sens protégé.

— Moi je crois qu'il n'y a rien, et quand je regarde le ciel je ne vois que des morceaux de pierre qui dérivent dans le noir et je ne crois pas à ta résurrection des morts, tu imagines la surpopulation ? Soixante-dix milliards de spectres, des momies en bandelettes entassées dans des barres d'immeubles, avec le quartier des Romains et celui des Wisigoths, le pavillon nazi et celui des enfants gazés d'Auschwitz, les découpés du Rwanda, et maman, perdue dans tout ça, cherchant un endroit où acheter de la langue de bœuf bon marché pour son dîner, non, c'est plus rassurant de penser qu'il n'y a rien, crois-moi !

— Je crois qu'on n'est pas si serrés là-haut, je sais qu'il y a quelque chose, que l'on se retrouve.

— On aurait peut-être eu un signe de quelqu'un depuis le temps !

— Moi j'en ai tout le temps des signes, il faut juste savoir regarder.

— Dors, tu fais vraiment chier, on va être morts de fatigue demain.

Nic récite sa prière dans sa tête, Dieu de bonté la nuit est venue, je me couche et me livre au sommeil sans crainte car tes bons anges veillent autour de moi…

Est-ce qu'il demande encore des services à Dieu, mon Dieu, faites que je sois reçu à mon concours de piano, faites que maman ne soit pas vraiment morte, qu'elle ait simplement eu une petite commotion ou un tympan crevé elle aussi. Est-ce qu'il promet quelque chose de valable en échange ? Une dévotion éternelle, une vie d'abstinence, ou ses deux mains jointes suffisent-elles ?

Il finit par s'endormir contre moi, ses taches de rousseur dans la nuit, des constellations sous l'arcade, là un amas stellaire sur la pommette, à quelques degrés sous la paupière une petite spirale qui se renforce aux premiers rayons du soleil, annonçant le printemps, mon Nicolas entrouvre les yeux puis les referme, il enfouit sa tête dans mon oreiller.

Mon frère se souvient chaque matin de ses rêves.

La veille de l'accident, Nicolas avait hurlé, tout le chalet en avait été réveillé, on s'était tous retrouvés, lumières allumées dans la salle de bains, à lui passer de l'eau sur le visage, essayant de le faire arrêter de pleurer.

— Qu'est-ce qu'il y a ? avait demandé papa. Tout va bien, regarde, tu es réveillé.

Il continuait à hurler ces conneries prémonitoires, « il ne faut pas faire ce voyage, il ne faut pas… »

— Quel voyage ? avait demandé maman.

— Je ne sais pas, je ne sais plus, avait-il répondu, il ne faut pas…

— Allez tout va bien, on va se recoucher.

— Quel voyage ? avait demandé maman. Qu'est-ce que tu as vu ?

— Bon sang, ce n'est pas Tirésias, c'est un gosse qui fait une terreur nocturne, allons dormir, avait dit papa.

— C'est à cause de cet avion ? avait continué maman en lui caressant les cheveux, enfonçant ses doigts dans son cuir chevelu. Ne t'en fais pas, l'avion c'est le moyen de transport le plus sûr au monde, il y a bien plus de risques en prenant le taxi pour l'aéroport qu'en prenant l'avion, rendors-toi mon chéri.

Il avait fini la nuit dans le lit de maman. Il n'a jamais reparlé à personne de ce dont il avait rêvé ce soir-là, est-ce qu'il avait déjà tout vu sur l'écran intérieur de son œil, le camion sans lumières, le coup du lapin, comme si notre mère avait été accidentée une première fois dans son rêve, comme si cette espèce d'autiste avait le *shining* ou un truc qui pouvait lui faire communier avec les spectres grâce à son petit doigt magique de virtuose ?

Moi aussi je rêve de notre mère, souvent, lorsque le sommeil me prend, il vient me déposer dans l'ancien appartement de la rue de la Tourelle. Nous avons déménagé bien des fois, mais c'est toujours cet appartement, le plus ancien, dont je me souviens, tout y est net, le salon aux doubles fenêtres et au canapé blanc, le couloir sombre où Nic et moi nous amusions à appeler le chien d'un bout à l'autre pour tester son affection, la cuisine vétuste donnant sur un mur aveugle, le garde-manger où nous allions chercher en cachette du lait concentré et du pain d'épices, et puis la chambre des parents où maman dormait jusque tard lorsque notre père était au travail, c'est presque toujours dans cette chambre-là que je suis déposé par le sommeil, maman se tient juste devant moi, assise sur le lit, dans sa robe de chambre bleue, ce qui m'étonne le plus c'est la restitution parfaite de sa voix, intacte, crépitante, ses sonorités métalliques, elle m'offre un thé au lait et chantonne une mélodie qu'elle a entendue à la radio, elle est légère et joyeuse et me parle de cette musique qui a profondément touché son âme malgré la simplicité des paroles, je voudrais lui dire à quel point c'est extraordinaire qu'elle soit là, revenue dans notre appartement, mais j'ai peur de tout gâcher en lui faisant comprendre qu'elle n'appartient plus à ce monde, de dissiper son humeur merveilleuse alors je ne dis rien, je reste comme une pierre, les bras ballants, et je m'en veux de ne pas partager ce moment de bonheur avec elle, d'être inanimé, à quoi bon revenir d'entre les morts pour trouver un fils aussi demeuré !

J'ouvre la fenêtre, je scrute la rue, pas un bruit ne vient troubler le calme de cette nuit.

Des bouffées de tiédeur s'engouffrent, me donnent le sentiment de tout manquer du monde.

Je suis toujours insatisfait de l'endroit où je me trouve.

Lorsque je suis dehors, je voudrais rentrer dans la quiétude de ma chambre avec mes livres, lorsque je suis dans ma pièce, j'entends au loin l'appel de la ville, du temps qui s'écoule, dont je ne profite pas.

Je m'allonge sur mon lit, en chien de fusil.

Ce soir j'ai des douleurs dans les côtes et le cœur, comme les aiguilles qu'on enfonce dans une poupée vaudoue, il paraît que c'est la croissance, son écartèlement des ligaments et des tissus, j'entends mon cœur dans mes tempes, jusque dans mes yeux et je respire mal, toujours une narine bouchée, je me couche sur le côté pour la libérer, laissant la morve descendre vers l'autre narine sous l'effet de la gravité, mais alors c'est l'autre côté qui se retrouve obstrué et la respiration redevient aussi désagréable, je me tourne et répète le même processus, produisant les mêmes effets, mais il y a un instant où les deux narines sont libres, un instant seulement d'équilibre entre deux empêchements, puis la gravité me tombe dessus à nouveau.

5

Monsieur Malvoisin est un homme de petite taille, il n'a rien de ce que l'on pourrait attendre d'un directeur, plutôt l'allure discrète d'un fonctionnaire de seconde zone, je l'avais croisé dans les couloirs, songeant à un surveillant qu'on aurait oublié de promouvoir.

Il porte des costumes étriqués, sa voix chevrotante ne produit pas l'effet d'un orage, mais celui d'un filet un peu huileux s'écoulant dans un évier, quelque chose de continu et poisseux qui s'échapperait en pure perte.

Pourtant, lorsqu'il vous parle dans les yeux, il vous met aussitôt mal à l'aise.

Une estrade en bois a été installée dans la cour de l'institut, une planche épaisse posée sur des tréteaux, un échafaud de fortune élevé à la hâte comme pour l'exécution d'un condamné.

Le directeur Malvoisin s'avance, tapote le micro avec son index, son autre main est repliée dans son dos à la manière d'un maréchal d'Empire, le vent s'engouffre par bourrasques dans la cour, soulève ses cheveux laqués, comme des plaques de neige se décrochant d'une moraine, recouvre sa voix tandis qu'il se met à parler d'un ton monotone.

« *Vous... l'élite de la nation*, lance-t-il, debout sur l'estrade, *cette... fierté... l'Europe*, continue-t-il, couvert par le vacarme amplifié du vent dans le micro, *oasis de civilisation... pfff... le chaos... ce qui restera... tout se... effondré !... attachés aux... centenaires qui... servi... de... nation.* »

Nous sommes alignés dans la cour de l'institut, des corps longs, minces, grandis trop vite, têtes penchées sous l'effet de la fatigue des réveils matinaux.

Je suis encore somnolent, des lambeaux de rêves s'accrochent, remontent, affleurent, des phrases incertaines.

Le directeur continue de lire son texte, le vent hache sa voix, la déforme, seuls quelques mots nous parviennent, se réverbérant dans la cour carrée, écho disloqué, vaguement menaçant.

Au-dessus de la façade en brique, des vantaux des fenêtres, de lourds nuages s'avancent, on peut voir au loin des ondées cheminer entre les montagnes.

« *... la vie en communauté... efforts... Suisse... formation... miliitaiiire... glasnost... Eurasie.* »

Je regarde avec inquiétude l'épaisseur des feuillets qu'il tient entre ses mains, priant pour que la pluie tombe rapidement, inonde son discours, nous laisse enfin rentrer dans nos classes.

La tsarine s'approche de moi en souriant, elle penche son corps dans ma direction, sa veste entrouverte. Sous son blazer aux écussons de l'internat, elle porte un débardeur trop grand qui laisse apparaître ses seins, ses aisselles, la courbe de sa nuque.

Dans la cour, il y a toute notre classe, Alice Funk est juste devant moi, la petite-fille du banquier du Reich, son grand-père a ouvert, avec l'or fondu des dents des déportés, un compte bancaire au nom de Heiliger, qui signifie « saint » en allemand ! À ses côtés Lily Meyer, dont le père finance la junte qui a pris le pouvoir au Salvador, la guérilla qui la combat depuis dix ans et les nombreuses opérations de chirurgie esthétique de sa fille.

« *Respect des peuples... démocratie... perestroïka...* », continue le directeur, Stefano est à sa gauche, un des meilleurs élèves de la classe, il fait déjà plus d'un mètre quatre-vingts, il porte en lui les manières de la richesse, de ceux qui ont toujours eu de l'argent, aussi loin que l'on remonte dans leur arbre généalogique, un corps longiligne fait pour se déplacer dans des palais d'été et des chalets aux sports d'hiver, des mains faites pour se poser sur les volants des Riva, des cheveux blond foncé coupés court, déjà une musculature d'homme et pas ces ossatures d'oiseaux que nous dissimulons comme nous le pouvons sous des vestes aux épaulettes trop grandes, et toujours un drôle de sourire au coin des lèvres, trahissant une insupportable aisance.

Ses parents lui paient des répétiteurs privés dans toutes les matières, il porte déjà des costumes, sa famille a un voilier sur le lac avec tout un équipage, certains de nos camarades sont parfois invités à y passer le week-end, il a ce je-ne-sais-quoi qui affole les filles, sa mère est une belle patricienne, une des principales donatrices de l'école, son beau-père, l'héritier d'un empire de canne à sucre, après avoir abandonné ses plantations et ses esclaves dans les colonies, s'est lancé dans une méthode de régime qui a fait le tour du monde. Stefano prétend être nietzschéen, j'ai compris qu'il voulait dire par là qu'il s'affranchissait de toute morale et emmerdait la terre entière.

Paul-Clément est son principal compétiteur, le fils d'un des hommes les plus riches de la planète, un paysan s'enorgueillissant de garder ses manières de plouc, il est grand lui aussi mais son absence totale de muscles donne l'impression qu'il appartient à un autre phylum, qu'il a raté l'embranchement des vertébrés. Il perd déjà ses cheveux, des golfes se creusent le long de son front. Ses parents lui paient aussi des professeurs privés dans toutes les matières et, pour en faire un parfait gentleman, vont même jusqu'à lui faire donner des cours sur la musique rock et punk par un célèbre critique parisien. Bien sûr, il fait mine de ne jamais travailler, de ne devoir ses excellentes notes qu'à ses aptitudes.

À l'autre bout du spectre, il y a les droits-communs de la classe, Marwan par exemple, dont le père, un ancien ministre de la Justice syrien en exil, est maintenant responsable d'une sous-commission des droits de l'homme à l'ONU, Marwan aurait, dit-on, tué quelqu'un sur la Côte d'Azur avec son hors-bord, ses moteurs de six cents chevaux auraient découpé un baigneur en deux, il s'en serait sorti avec un sermon parental et une interdiction du territoire français pour cinq ans ! On l'appelle *Jaws* en hommage au requin des *Dents de la mer* ! Gillard lui sert de chaouch, un gaillard suisse maladroit, le fils d'un des bourgmestres du canton.

Je balaie du regard la cour de l'internat, enfants d'oligarques, de généraux, de marchands d'armes ou de pétrole, de financiers apatrides, corrompus à tous les étages, corrompus en famille, corrompus dans la solitude, jusque dans leur sommeil.

Une réunion des parents d'élèves, si elle avait lieu, ressemblerait à une audience préliminaire de la Cour pénale internationale.

Les premières gouttes de pluie se font sentir, d'abord une goutte hésitante comme un éclaireur, minuscule bourrelet sphérique tombé d'on ne sait quel Everest, puis une ou deux autres, aussitôt suivies par des millions, se désintégrant au sol, explosant dans les cheveux, sur les visages, inondant le costume de monsieur Malvoisin qui continue son discours fleuve, nous forçant à rester figés dans la cour.

Alexia prend son blazer, le met au-dessus de nous comme un parapluie, très vite la pluie détrempe son débardeur, je peux deviner ses aréoles claires, sa poitrine me frôle, s'arrange pour aller à mon contact. Des taches plus foncées apparaissent près des aisselles, je ne sais si elles sont dues à la sueur ou à la pluie.

— Mes seins sont petits, me dit-elle, mais je vais les refaire l'an prochain, j'ai déjà eu rendez-vous avec le docteur, il dit que je dois d'abord finir ma croissance. Tu verras, ils seront parfaits !

Je me contente de rougir en silence.

« ... *le passage... trimestre... orientation...*, continue le directeur Malvoisin sous l'averse, *tous un peu mes enfants ici... le monde... voyez... dehors... le... danger...* » Jusqu'à ce qu'un appariteur vienne lui dire quelque chose à l'oreille.

Le directeur finit par plier ses feuillets, repousse le micro d'une main, déserte l'estrade où les gouttes rebondissent et se recombinent en milliers d'explosions, libérant une odeur champêtre, végétale, terreuse.

— Cinq minutes de plus, il se serait peut-être électrocuté, me dit la tsarine, tu aurais pu consoler sa fille, me dit-elle en désignant Laura Malvoisin. La prunelle de ses yeux, je peux t'arranger un rencard si tu veux ?

Je me contente de garder le silence, vexé.

— Depuis qu'il y a eu ce viol dans le parc, il ne la laisse même pas traverser pour aller en ville, il est persuadé que sa fille est la prochaine sur la liste ! Je ne vois pas qui pourrait avoir envie de violer une chose pareille ! dit-elle en s'éloignant pour se mettre au sec.

À travers les forêts d'épaules, courant pour regagner les baraquements, il y a une silhouette immobile. Je m'approche de Nicolas et le prends par l'épaule.

— Qu'est-ce que tu fais là, allez viens t'abriter, il flotte !

Il tourne son visage vers moi, je peux lire dans ses yeux qu'il est désorienté, comme s'il ne savait pas vraiment ce qu'il faisait ici.

— J'ai une crampe, me dit-il.

— Tu n'en as pas marre ? Allez viens, dis-je en le prenant par le bras, tu dois avoir besoin de magnésium, tu grandis tellement vite, ce sont tes os qui n'arrivent plus à suivre, tu rattrapes ton couloir de croissance voilà tout, tu rattrapes ton couloir !

Je prends Nic par la main, il me suit, on dirait que je traîne un pantin de bois.

— Qu'est-ce qu'on va faire ce week-end ? Tout le monde s'en va.

— Tu vas travailler ton piano, ce soir je t'emmène voir un film.

— Quoi comme film ?

— *Indiana Jones*.

— Le dernier qui vient de sortir ?

— Oui, c'est bien ça !

— Tu sais combien chaussait Robert Wadlow ?

— Non.

— Du soixante-douze !

Parfois Nic me semble si étrange et inconstant que je me demande s'il n'a pas attrapé quelque chose lorsque le nuage russe est passé dans le coin. Durant ces journées papa n'est pas allé travailler, il traînait en robe de chambre à la maison, il semblait inquiet, maussade, écoutant la météo aéronautique en anglais, calculant la vitesse et la direction du vent. Maman nous interdisait de manger des légumes et des salades. « Tout ce qui vient de la terre peut être contaminé », disait-elle.

Il pleuvait sans cesse cette semaine-là, pourtant Nic passait son temps dans le jardin à jouer et à lutter contre des ennemis imaginaires, envoyant des coups de pied dans le vide. Je restais à l'intérieur à le regarder par la baie vitrée.

— Ferme la bouche, lui disais-je à voix basse, ferme la bouche, s'il te plaît frère, pensant qu'il pourrait éviter ainsi les pluies radioactives comme on évite de gober une guêpe.

— Viens jouer dehors avec moi, me disait-il, j'ai envie que quelqu'un joue avec moi !

Peut-être que ses problèmes viennent de là ? Encore un coup des communistes !

Ou peut-être a-t-il hérité de la maladie de notre mère ? Cette maladie si étroitement liée à son tempérament qu'elle en devenait le centre de son caractère, la faisait joyeuse certains jours, dansant dans la maison, écoutant des chansons idiotes à la radio qu'elle doublait à tue-tête, agitée comme si quelque événement prodigieux allait se produire, un événement qu'elle aurait attendu toute sa vie, excitée, à rire sans cesse et puis soudain l'inquiétude affleurait, son regard se voilait, quelque chose de terrifiant semblait être apparu sous ses yeux, modifiant totalement sa perception du monde, alors elle allait se coucher, d'un coup, sans rien dire. Le jour suivant, nous la trouvions prostrée, ne quittant pas de la journée sa robe de chambre noire à fleurs jaunes, querelleuse, nous trouvant les pires défauts, hurlant sur nous, faisant aller ses doigts nerveusement sur sa poitrine, tremblante de colère dès qu'elle nous apercevait en dehors de notre chambre, avant de se radoucir quelques heures plus tard, s'excusant, nous prenant dans ses bras.

C'est dans ce clair-obscur-là, ces règles opaques et mystérieuses que j'ai passé toute mon enfance, ne sachant si j'allais récolter des baisers ou une injure, deux personnes tout à fait opposées cohabitaient en elle, deux personnes qui avaient connaissance l'une de l'autre et se haïssaient.

Lorsqu'il m'arrivait de casser quelque chose, un plat dans la cuisine, une assiette, un verre, je courais aussitôt me cacher sous un lit ou dans un placard de peur de me faire battre et j'attendais là, parfois des heures. Lorsque enfin elle finissait par me trouver, elle me prenait le plus souvent dans ses bras, me demandant pourquoi j'avais cru bon de me cacher si longtemps, quel « gros bêta » j'étais, selon l'expression consacrée, d'imaginer qu'elle me battrait pour si peu, « un plat cassé, j'aurais surtout eu peur que tu te mettes un éclat de verre dans la main mon chéri ».

D'autres fois au contraire, elle paraissait savoir depuis toujours où je me terrais, venait me débusquer dans ma cachette, me tirait par le pied, me collait une gifle et ne me parlait plus de la journée, comme si elle devait ne jamais oublier l'offense que je lui avais faite ce jour-là, ni toutes les offenses depuis ma venue au monde.

6

Monsieur Kouros, notre professeur principal, attend que nous soyons tous placés, que nous ayons rangé nos affaires.

Il reste muet, écoutant notre brouhaha, ici un blouson qui tarde à s'enlever, là un sac dans lequel on fouille, une conversation qui s'achève.

Lorsque le silence se fait, nous pouvons tous percevoir que quelque chose flotte dans l'air, une sensation d'électricité d'avant l'orage, l'imminence d'une déclaration de guerre.

Monsieur Kouros reste immobile, sans prononcer un mot, balaie la salle de classe du regard, les yeux mi-clos recouverts d'épais cils roux.

Il se racle la gorge puis déclare dans un demi-sourire :

— Je sais que vous êtes impatients de partir en week-end ! Certains d'entre vous semblent déjà sur le lac ou en train de se balader en montagne, je ne sais pas ce que vous avez prévu de faire pour profiter de cet été indien, en attendant je vous ai préparé une petite surprise.

Il scrute la salle à nouveau, ménageant son effet.

— Posez vos sacs à terre, vous ne prendrez qu'une feuille

blanche et un stylo, je ne veux rien voir sur les tables, je ne veux pas entendre parler, pas un bruit. Vous allez répondre au problème que je vais vous faire passer. Monsieur Tielman, mademoiselle Funk, veuillez faire circuler la documentation, en silence s'il vous plaît. En silence !!!

— Voici l'énoncé du premier problème : “Deux paysannes ont apporté ensemble au marché 100 œufs. L'une d'elles avait un plus grand nombre d'œufs que l'autre, mais toutes les deux ont reçu la même somme. La première a dit alors à la seconde : ‘Si j'avais eu tes œufs, j'aurais reçu 15 kreutzers.’ L'autre a répondu : ‘Et si moi, j'avais eu tes œufs, j'aurais reçu 6 kreutzers et 2/3.’ Combien d'œufs avait chaque paysanne ?”

« Je vous laisse prendre connaissance des autres problèmes. C'est à vous, vous avez cinquante minutes, dit monsieur Kouros en se tapant fièrement sur la panse, et je me demande un instant à quoi peut ressembler la vie sexuelle d'un prof de maths suisse de cent trente kilos.

Une vague de soupirs traverse la salle, protestation désordonnée.

— Chut ! Pas un bruit, à partir de maintenant vous avez cinquante minutes à ma montre, pas une de plus, c'est parti !

Je regarde la feuille qu'Alice me tend, une succession de problèmes mathématiques vieillots, des équations linéaires assez simples déjà vues l'an dernier, que je pourrai résoudre en dix minutes. Mes camarades semblent pourtant effrayés, s'agitent, se tournent les uns vers les autres.

Alexia est assise à côté de moi, je commence aussitôt à répondre aux questions.

— Je n'ai rien révisé, a-t-elle le temps de me glisser à l'oreille, je t'en supplie aide-moi je ne comprends rien à cette conne avec ses poulets et ses kreutzers ! Je ne peux pas avoir encore une mauvaise note, je t'en supplie, répète-t-elle, je ferai tout ce que tu veux en échange.

— Pas un mot ! tonne le professeur Kouros. Ceux qui copient auront un zéro ! Si je retrouve deux fois les mêmes erreurs, là aussi zéro, et allez rattraper une moyenne après un zéro, dit-il quittant son estrade pour déambuler entre les tables.

Je peux sentir la panique, la chaleur des corps en détresse, leurs jambes qui s'agitent sous leurs chaises, un tremblement continu, les paupières de certains commencent à battre de manière incontrôlée, d'autres gémissent doucement, bouches entrouvertes, suçotent leurs stylos, se tortillent sur leurs chaises comme s'ils prenaient du plaisir à être pris au piège.

La plupart des élèves prétendent qu'ils sont trop intelligents pour travailler, leurs parents ayant décrété qu'ils étaient surdoués ou hyperactifs, que leur QI était anormalement élevé, avant de les mettre sous Ritaline.

Ils se contentent de rendre les devoirs exécutés chaque soir par leurs répétiteurs sans en comprendre un seul mot.

Alexia se penche vers moi pour observer ce que j'écris.

— Chut, répète monsieur Kouros.

— Je t'en prie, je ne comprends rien ! C'est du chinois pour moi.

Je fais rebondir mes pieds sous la table, tout en finissant de rédiger ma copie.

Alexia pose sa main droite sur ma cuisse pour qu'elle cesse de bouger, ma jambe s'arrête aussitôt sous l'effet de la surprise, je peux sentir ses doigts, indécis au début, engourdis, immobiles puis bougeant très lentement, toutes les vibrations de ses terminaisons nerveuses, chaque millimètre qu'elle déplace sous la table avec la lenteur d'une pièce d'échecs, sa main, comme une araignée repérée sur un mur, ne sachant si elle doit rester immobile pour se faire oublier ou se précipiter dans un trou, disparaître dans son monde humide et tiède en attendant la nuit.

Je tourne ma feuille vers elle, elle approche davantage sa main de mon sexe, je lui laisse le champ libre pour qu'elle puisse observer mes réponses, et recopier ce que j'ai écrit.

Je regarde mes camarades penchés sur leurs devoirs, faisant semblant d'écrire, la main d'Alexia monte le long de ma jambe, se pose sur mon sexe à présent, je le sens grandir sous ses doigts, la chaleur de sa paume, je commence à respirer plus fort, je ferme les yeux et me concentre sur mon plaisir.

Alexia écrit de plus en plus vite, finit de recopier ce que j'ai écrit, sa main libre me caresse à travers la toile épaisse du jean, le vent fouette les vitres, la cloche sonne, hargneuse.

Monsieur Kouros commence à arracher les copies tandis que les élèves continuent à écrire, certains se lèvent, grattent dans le vide tandis que le professeur s'empare des feuilles.

Lorsqu'il passe près de moi et tire sur ma feuille, Alexia enlève sa main.

— J'espère que tu n'as pas fait d'erreurs au moins, me dit-elle en se levant de sa chaise.

« Nous allons faire une virée en bagnole tout à l'heure, tu viens ?

Je fais oui de la tête.

— La cour du rocher à quinze heures ?

Devant le collège, comme presque chaque jour, un groupe d'étudiants communistes traîne à la sortie.

Babouchka dit que les communistes seront toujours des menteurs, qu'ils se moquent de la vie humaine, que sans doute Gagarine n'était pas le premier cosmonaute qu'ils ont envoyé dans l'espace, juste le premier qu'ils ont pris la peine de faire revenir.

Je pense parfois à ces cosmonautes perdus, seuls dans leurs capsules, regardant le soleil se lever et se coucher, attendant la faim et la dessiccation.

Un étudiant me tape sur l'épaule.

— Es-tu contre l'exploitation de l'homme par l'homme ? Nous avons la solution pour sortir l'humanité de l'oppression.

7

La route en lacet longe le lac, elle est bordée de sapins un temps, puis s'enfonce dans un désert de pierres tandis que nous grimpons vers les montagnes.

Stefano conduit, Alexia à ses côtés a enlevé ses chaussures, ses pieds sont posés sur le tableau de bord de la Mercedes, son vernis bleu s'écaille comme la paroi d'une église italienne.

J'ouvre la vitre arrière, l'air est fin, comme s'il se purifiait là-haut au contact des glaciers, des cascades de montagne, un air d'avant la pollution, une journée d'oxygène pur.

Stefano conduit nerveusement, il s'allume une cigarette, tient le volant d'un doigt. La route emprunte des tunnels en béton creusés dans la montagne, des kilomètres de roche, l'intérieur de notre planète, des cailloux saillants et gris.

Des pylônes ajourés laissent passer la lumière, avec la vitesse cela donne le sentiment de voir les images de son existence défiler au ralenti.

Comment ont-ils pu creuser dans ces montagnes ? Combien d'ouvriers, avec la dévotion de fourmis, pour que nous puissions rouler en Mercedes, fumant des joints, en ce beau week-end d'automne ?

Stefano accélère davantage, il passe les cent cinquante kilomètres à l'heure sur une route limitée à quatre-vingts !

— Douze cylindres en V, quarante-huit soupapes, précise-t-il, sourire aux lèvres, j'acquiesce, formules entendues mille fois, dont je ne sais toujours pas ce qu'elles impliquent, juste qu'il faut acquiescer, paraître admiratif.

De temps à autre il dépasse une voiture à une telle allure qu'on la croirait arrêtée en pleine voie.

— Ce sont tous des veaux ici, s'amuse Stefano, un peuple de veaux, qui attendent sagement qu'on les mène d'un enclos à un autre, on les laisse croire qu'ils sont libres, avec des référendums, des élections, des questions à choix multiples, mais le seul choix qu'ils ont c'est de décider où se trouve leur enclos et à quelle heure ils peuvent rentrer à l'étable, et lorsqu'ils s'échappent ils cassent quelques clôtures électriques puis se retrouvent apeurés à chercher l'entrée de l'enclos dont ils se sont échappés, rien ne fait plus peur que la liberté tu ne crois pas ? dit Stefano posant la main sur la cuisse d'Alexia.

De son autre main il jette la cigarette par la fenêtre, une étincelle dans le rétroviseur.

— Allume-moi un joint, veux-tu ?

Alexia s'exécute, elle fait une carcasse de papier en léchant deux feuilles pour les coller entre elles et laisse brûler un morceau de shit, cela rend une odeur goudronneuse et lourde, « c'est de l'afghan », dit-elle en riant, « c'est par là-bas, fait-elle indiquant des montagnes, ou non... peut-être plutôt là-bas », corrige-t-elle, promenant son poignet léger par la fenêtre, avec la vitesse cela fait monter ou descendre sa main comme une aile.

Tout autour de nous, des sommets enneigés, l'Afghanistan doit être quelque part vers la nuit, à perte de vue, Samarkand, Kaboul, l'air pur là-bas aussi. Elle tire sur son joint, le dépose sur les lèvres entrouvertes de Stefano qui aspire à son tour, laissant sa main monter le long de la cuisse d'Alexia.

Elle chasse la main, reprend le joint et inhale profondément, un soupir de ravissement, le visage renversé contre l'appui-tête de la Mercedes.

— La guerre est finie là-bas non ? dis-je.

— Oui, les Russes se sont fait virer, le pays est en bonne voie vers la démocratie paraît-il, en tout cas le shit arrive de partout. Tu en veux ? me dit-elle.

— La démocratie ? Avec des types qui échangent des femmes contre des chameaux ? ironise Stefano.

La Mercedes reste coincée derrière un camion de butane, Stefano tente de déboîter, faisant rugir le moteur, il n'a aucune visibilité, à chaque tentative il doit se rabattre pour ne pas risquer de percuter une voiture venant en sens inverse.

Il se met à coller le pare-chocs du camion-citerne, c'est contre ce genre de poids lourd que maman s'est brisé la nuque. Le chauffeur, inquiet, finit par ralentir, le faisant d'autant plus enrager.

Stefano laisse sa paume appuyée sur le klaxon, se met à gueuler :

— Bande de veaux ! Les bons veaux du Valais !

Après un petit tunnel, la route s'élargit d'une bande d'arrêt d'urgence où des vendeurs de fruits à la sauvette ont installé un étal devant une camionnette, quelques cagettes, une planche sur des tréteaux.

Stefano déboîte sur la droite, double le camion, empruntant la voie de secours.

Je ferme les yeux, tirant sur le joint, lorsque je les rouvre la poussière a recouvert la vitre arrière, les stands d'abricots et de fruits de saison, de la poussière partout, faisant écran devant le soleil.

— Pourquoi tu roules si vite bordel ? Ralentis un peu, tu veux.

— Si je ralentis je m'endors et je suis encore plus dangereux, s'amuse-t-il. Qu'est-ce qu'il a, il a la pétoche en voiture ? demande-t-il à la tsarine.

— Ça va, ça va, dis-je en tirant à nouveau sur ce joint qui me fait tourner la tête, mais que se passe-t-il si on a un accident, tu as le permis accompagné ?

— Le permis accompagné ? répond-il d'un éclat de rire. Tu veux qu'on parle de tes points retraite aussi ?

Il s'interrompt un instant, débraie, déboîte à fond et double une Ford Fiesta, pare-soleil rabaissé, deux enfants calés à l'arrière dans des sièges bébé.

— Un accident à cette vitesse, hurle-t-il, faisant vrombir le moteur. Il ne se passe rien du tout, soit il y a une vie après la mort et on négociera le moment venu, soit il n'y a rien et alors tu entends le chant de la mort dans la haute vitesse des V 12, écoute ! C'est un bruit sacré !

Il laisse le moteur hurler puis insère un CD dans l'autoradio, une sonate de Bach, les arpèges géométriques me font penser à Nic, je vois les mains de mon frère, leur dégringolade sur le clavier, cette sensation de chute, de déséquilibre, et la musique céleste, la beauté qui en ressort, irradie de partout, et notre mère qui l'écoutait sans bouger, sans parler, comme si elle assistait chaque fois à un miracle, à la réparation du monde.

— Il n'y a que des CD classiques dans cette caisse, c'est à cause de mon beau-père, fait chier.

— C'est la voiture de ton beau-père ?

— Non c'est la caisse du chauffeur.

— On va où ?

— Tu ne sais pas ce qu'on va faire ? Fais-lui voir ! Ouvre le vide-poche !

Les notes de Bach se font plus timbrées, un trille à la fin de la cadence, Nic doit être assis sur son lit, regardant sa montre, prêt à filer au cinéma, craignant de rater les premières minutes du film.

Alexia ouvre la boîte à gants, sort une arme dans un holster.

— Pourquoi vous vous baladez avec une arme ? dis-je, tâchant de cacher ma panique, ma voix devenant serrée et aiguë comme celle d'un petit garçon.

— C'est le flingue du garde, arrête de flipper.

— Qu'est-ce que vous voulez en faire ?

— On va braquer une station-service, on fera sauter le caisson du pompiste s'il fait le malin, dit Stefano.

— Qu'est-ce que vous racontez ? dis-je, glapissant à nouveau.

— Ne t'en fais pas, interrompt-il, on va juste tirer sur des canettes dans la montagne et boire une bouteille. Passe-moi le flingue.

Stefano sort l'arme du holster, l'agite devant nous, il fait mine de viser les conducteurs qui viennent en sens inverse. Est-ce qu'ils ont le temps d'apercevoir, en un dixième de seconde, le canon en aluminium et en acier qui reflète les rayons du soleil et les yeux du conducteur qui les aura épargnés ce jour-là ?

La sonate s'achève, les doigts du maître s'immobilisent, les derniers degrés chromatiques du soleil d'automne.

Nous garons la voiture sur un parking en terre et nous marchons quelques minutes le long d'un chemin menant à une usine désaffectée.

Peut-être fonctionnait-elle au charbon, il y a autour des petites montagnes de déblais semblables à la cendre des terrils.

Nous nous servons chacun un verre de vodka tiède, je n'ai encore jamais essayé de la boire pure, cela brûle la gorge et le ventre. Stefano sort son arme, remplit le chargeur de balles qu'il a sorties du coffre, la pointe vers les vitres de l'usine qui commencent à bleuir avec la tombée du jour, reflétant çà et là un coin du ciel, un morceau de névé. Il tire et les coups de feu font exploser les verres, désintègrent le ciel, en brisures, en éclats, un monde fragmenté, éparpillé à jamais, sans réparation possible.

Il recharge, me tend l'arme.

Je tire à mon tour, je n'ai encore jamais utilisé d'arme à feu, mon bras tremble, j'appuie sur la détente, la vitre explose, je peux ressentir la vitesse de la balle qui passe en un instant de deux mille mètres par seconde à l'arrêt, imaginer sa décélération dans un corps humain, la poudre me donne la nausée, ou bien c'est la vodka et le joint.

Stefano reprend le pistolet, le recharge, nous sert à nouveau de la vodka.

Alexia m'entoure le cou de son bras.

— Viens ! dit-elle, me tirant par la main.

Il y a quelque chose de menaçant dans sa beauté, comme vouée à une prochaine destruction.

Nous traversons un hangar couvert de fientes de pigeon, des oiseaux roucoulent nichés sur des poutres, les anciens laminoirs rouillent sous les verrières brisées. Après le vieux château d'eau, nous entrons dans une dépendance de l'usine, Alexia se faufile entre les machines arrêtées, s'allonge sur une vieille table de menuiserie, un établi en métal, sur une coulée d'huile fossilisée, remonte sa robe et m'attire entre ses hanches, elle défait ma ceinture, fait tomber mon jean.

Dehors nous entendons les coups de feu, les vitres qui explosent, sa peau est brune, chaude, elle sent l'huile, la lotion coco, j'ai toujours mon caleçon, elle me caresse à travers, je me concentre sur le bruit des détonations.

Le soleil commence à décliner, il a disparu du hangar à présent, ne reste que son reflet sur une ancienne machine de l'usine, une disqueuse, comme si un dernier rayon avait été découpé là, pris au piège entre les dents en acier. Je continue à me frotter contre elle, j'aime son odeur, sure, violente, je compte les secondes, les coups de feu, pour ne pas venir.

À quoi pouvaient bien servir ces machines ? Que devaient-ils fabriquer ici ? Mon regard survole sa poitrine, les gouttelettes de transpiration qui s'y forment, je voudrais ne pas en perdre une seule, les retenir à jamais, leurs formes, leurs trajectoires, les connaître au microscope. En chacune j'imagine un monde parfait.

Je regarde Alexia, pour ne pas venir j'essaie de penser au visage de son père, de son grand-père, rougeauds, ivres de vin, pansus, rotant la bière, congestionnés au-dessus des chiottes après un repas de tripes et de foie gras, leurs traits lippus et vultueux qui affleurent derrière sa beauté profane, je pense à ceux qui l'ont engendrée, vieux Oustachis traversant la vie leurs bottes pleines de merde, de la graisse luisant au bord des lèvres, trop tard, je baisse mon caleçon en vitesse, cherchant à me glisser en elle, le soleil se reflète dans la disqueuse et éclaire un bout de ses aisselles, mes oreilles se bouchent comme dans un tunnel lorsque la vitesse chasse l'air au-devant, une variation brutale de la pression et je me jouis dessus, avant même de l'avoir pénétrée. Je me plie en deux, simulant une crampe et m'éloigne d'elle en sautant sur une jambe comme un infirme.

Le son revient tandis que nous nous rhabillons, la nuit est presque tombée, les machines sont dans la pénombre, des géants de métal inarticulés comme tombés d'une autre planète, venus on ne sait quand.

Alexia remet sa culotte, j'entends encore une déflagration dans la pénombre non loin de nous.

Une coulée de sperme a été projetée sous l'établi, des fourmis commencent déjà à la coloniser, la dévorer, chaque chose tire sa survie d'une autre.

Est-ce que c'est vraiment autour de ces vingt secondes-là que le monde entier tourne, qu'on écrit des opéras, qu'on déclenche des guerres ?

Si décevante et modeste qu'ait été ma prestation, je ne peux m'empêcher d'en ressentir une certaine fierté, comme si désormais je faisais presque partie d'un club prestigieux, qu'à défaut de m'accepter on m'avait suggéré de repasser la semaine suivante.

— Dépêche-toi ! dit-elle en finissant de se rhabiller. Tu as choisi un drôle de moment pour te faire un claquage, dit-elle amusée.

Stefano est assis sur un tas de déblais en train de boire au goulot.

Il regarde la bouteille avec tristesse.

— Pourquoi vous m'avez laissé ? Qu'est-ce que vous foutiez, tu l'as sautée ? me dit-il d'un air de reproche. Tu ne serais pas le premier !... Tu sais ce qu'il y a écrit sur la bouteille ? demande Stefano.

— Non je ne lis pas le russe.

— Tsarine !

— C'est la marque ? C'est pour ça qu'on t'appelle comme ça ?

Alexia ne répond rien.

Stefano conduit plus lentement cette fois, nous semblons tous épuisés.

— Quelle heure ? demande-t-il.

— Presque vingt heures, dis-je.

Nic doit m'attendre assis sur le lit, regardant sa montre. Je sais qu'il a mis son unique blazer et sa chemise blanche à col italien, celle qu'il laisse toujours sur un cintre, le pauvre gosse s'est sûrement gominé les cheveux avec de la brillantine pour les faire paraître plus foncés, dissimuler sa rousseur, et son eau de Cologne de pauvre, je peux la sentir d'ici. Tant pis, nous irons à la séance de vingt-deux heures, me dis-je, il n'a qu'à travailler son piano en attendant.

— On va dîner chez mon beau-père ? demande Stefano.

— OK ! répond Alexia. Viens avec nous, me demande-t-elle en se retournant, ne me laisse pas seule avec ce type, Dieu seul sait de quoi il est capable.

— Oui, je reste avec vous, dis-je, bien sûr, je suis avec vous…

Quelques voiliers croisent doucement le long des villages en coteau. Sur une petite goélette, je distingue des taches blanches, sûrement une famille se retrouvant pour le week-end, leur linge propre, les parents ouvrant une bouteille de vin, les enfants jouant au capitaine, puis allant se coucher dans les cabines, bercés par le ressac du lac, d'une mer intérieure que ne trouble aucun vent, à l'abri des turbulences du monde, et nous, quand étions-nous réunis la dernière fois ? Quelle force nous a éparpillés, moi qui m'assoupis à l'arrière d'une voiture, observant la nuque d'une jeune fille, mon petit frère qui attend au garde-à-vous dans notre chambre du pensionnat, un réveil posé sur la table, guettant mon pas dans l'escalier, papa quelque part en Amérique latine, est-ce le matin ou le soir là-bas ? Est-il en chemise blanche, rasé de près comme il nous l'a enseigné, ou se laisse-t-il aller, en maillot de corps dans un gourbi quelconque avec une pute ? Pense-t-il encore à nous ou nous a-t-il relégués dans un coin de sa mémoire, souvenirs d'une vie antérieure, et maman dans l'outre-monde, maman qui nous a abrités dans son ventre recousu, délivrés par césarienne, après le terme, son ventre sous la terre refermée, avec le foulard que papa lui a offert autour de la tête.

Je ne sais plus ce que représentait ce foulard, un soleil et une lune je crois.

Maman qui nous berçait chaque soir de ses chansons désuètes, de sa voix un peu fausse et grêle, qui se maquillait toujours trop les yeux, je me souviens du soir de l'accident, son maquillage avait coulé comme si elle avait pleuré sur nous, sur ce qui allait nous arriver, nous éparpiller, que sont devenus ces beaux yeux violets qui ont capturé la lumière de quinze mille journées ensoleillées, aujourd'hui le terrier d'un lombric, l'antre d'un araignon, ses héritiers, elle leur a tout légué, nous n'avons rien pu garder.

La nuit est tombée à présent sur le lac, tout prend un air différent, masse immobile et froide, bateaux encalminés au pied des rochers sombres.

— Si je devais tuer quelqu'un je le ferais disparaître dans le lac, dit Stefano, il paraît qu'il suffit d'enlever les tripes pour que les corps ne flottent pas.

La tsarine s'est endormie contre la vitre. Les vibrations de la route font trembler ses cils. Stefano pose la main sur son cou, je l'enlève d'un geste sec, comme si j'avais voulu arracher une mauvaise herbe.

Il ne recommence pas et reste silencieux, tenant le volant.

Le bruit du moteur nous berce, j'ouvre la fenêtre.

Au loin un bâtiment se dessine dans la nuit, des forges peut-être, des containers en acier, des hangars allumés.

— Qu'est-ce que c'est ? On dirait une base spatiale.
— Il est quelle heure ? demande Stefano.
— Huit heures, dis-je, je viens de te le dire.
— Tu as entendu parler des trois huit ?

Il bifurque, prend le chemin de l'entrée de l'usine, les pneus de la Mercedes dérapent dans la poussière, quelques hommes avancent en sens inverse, ils sont en bleu de travail, baissant la tête, accablés par la fatigue de la semaine, les gestes répétitifs, les cadences infernales, le canal carpien qui fait souffrir, pressés de boire une mousse au bistrot avant de rentrer chez eux pour retrouver les jeux télévisés, s'endormir abrutis de fatigue dans le canapé en leasing, même pas la force de baiser. D'autres montent d'un pas traînant vers le hangar qui va les avaler cette nuit encore. Chacun porte la gamelle qu'il s'est préparée en se levant.
— Ce qu'il faut c'est trouver un agneau isolé, marmonne Stefano comme pour lui-même, l'agneau du sacrifice !
— De quoi parles-tu ? dis-je, agacé par tous ces mystères.

Quelques ouvriers regardent avec étonnement cette luxueuse berline aux vitres teintées, cinq ans de salaire, trois gosses en blazers dedans, est-ce qu'ils peuvent ressentir autre chose que de la haine pour tout ce que nous sommes, cette barrière infranchissable de morgue, de tôle, d'airbag entre eux et nous.

Stefano gare la Mercedes, éteint le contact et laisse les phares.
Il enlève son blazer, s'allume une cigarette.

La tsarine se réveille, s'étire en bâillant.

— On est arrivés ?

— Passe-moi la vodka.

— Qu'est-ce que tu fous, lui dis-je, tu ne veux pas rentrer ? Je suis crevé.

— Chut, celui-là, il est bien, regarde, apprends ! Apprends !

Stefano sort de la voiture, dissimule sa main sous sa veste, approche d'un pas rapide d'un ouvrier isolé mangeant sa gamelle assis sur un container. Stefano sort son arme et la pointe devant le visage de l'homme, je l'entends hurler.

— La gamelle ou la vie, vite, la gamelle ou la vie, enculé !

Je me recroqueville dans mon siège.

L'ouvrier stupéfait reste figé, un morceau de pain à moitié enfourné dans la bouche.

« Crache-moi ça tout de suite fils de pute ou je te fais sauter la cervelle, la gamelle ou la vie ! »

L'homme s'exécute, tend sa gamelle en tremblant, fait tomber un morceau de pain dans la poussière, « ramasse, fils de pute ! ». L'homme tombe à genoux, ramasse son quignon couvert de cendre anthracite. Stefano saisit la gamelle en métal de l'ouvrier et recule tout en le pointant toujours de son arme.

Il démarre en trombe, jette le pistolet dans le vide-poche.

Nous voyons les lumières de l'usine disparaître, un tunnel de poussière grise.

Nous restons, Alexia et moi, totalement silencieux, la route défile, ses traits blancs, il y a une signalisation, deux chevrons pour la sécurité, la réflexion des phares sur le panneau, un lapin s'échappe de justesse et disparaît dans les ornières.

Stefano inspecte le fond de la gamelle et rompt le silence.

— J'espère que vous avez faim, ce soir nous avons… du pâté – il croque le sandwich puis éclate de rire –, c'est du Sheba ??

« Il va porter plainte, tu crois ? dit-il en riant franchement. “Hier soir j'allais à l'usine et un type en costume et en Mercedes m'a braqué ma tranche de pâté avec un flingue monsieur l'inspecteur. Non il n'a rien pris d'autre, juste une tranche de pâté. Le mobile du crime ? Je l'ignore ?” dit-il pleurant de rire cette fois.

Alexia commence elle aussi à rire, je ne sais pas pourquoi ils rient tous les deux, c'est Stefano qui arrête le premier, Alexia se tait à son tour, je regarde la route, les arbres immobiles dans la nuit, comme des témoins muets.

— Il n'a pas tellement d'humour ton copain !

Je ne réponds pas.

Stefano accélère, allume son joint, fenêtre fermée, la voiture transformée en aquarium.

Nous approchons de Sion où les parents de Stefano ont leur chalet.

— Dépose-moi à la gare, dis-je, il faut que je rentre, mon frère m'attend, on se voit lundi !

— Il ne peut pas rester seul à son âge ? C'est dommage que tu ne viennes pas dormir avec nous, me dit la tsarine.

— Je ne peux pas, à lundi.

Le train de nuit vient de débarquer des passagers, il traverse une zone pavillonnaire recouverte des graffitis usuels.

Nicole suce Yasser, Prévélakis tu pues la pisse.

Je regrette déjà de ne pas être resté avec la tsarine.

Je les imagine dans le chalet là-haut, ce qu'ils doivent bien faire.

Il y a un journal sur la banquette, une découverte de roches datant de quatre milliards d'années, les plus vieilles pierres retrouvées à ce jour à la surface de la Terre. Les archéologues du futur se pencheront sûrement sur ces graffitis.

Prévélakis tu pues la pisse. Notre pierre de Rosette.

Un aveugle entre dans le compartiment où j'étais seul jusque-là, j'arrête aussitôt de bouger, m'abstenant du moindre mouvement, il cherche une place, tâtonnant, faisant aller sa canne contre les banquettes de moleskine.

— Ici c'est bien, dit-il, comme pour lui-même, je vais m'asseoir ici. C'est bien !

Il s'assied presque en face de moi. Se pensant seul dans le dernier train de la soirée, il défait un des boutons de son pantalon, soupirant d'aise.

Il est vêtu d'un pantalon blanc d'une toile plissée et épaisse, d'une chemise bleue, assortie à une cravate bleu nuit tachetée d'éperons d'argent, un camaïeu élégant. Est-ce que quelqu'un l'habille chaque matin, prend soin d'assortir ses tenues, comme on le ferait d'une poupée ?

Il porte en bandoulière une petite sacoche en cuir reliée à un casque audio, il semble par ce dispositif recevoir les informations nécessaires à son voyage.

Il enlève ses lunettes de soleil et sourit avec malice, comme un homme enlèverait son slip de bain en douce dans une piscine publique. Son visage est jovial et heureux, est-il aveugle de naissance ? Est-ce la non-fréquentation des visages humains qui a forgé ce visage lumineux et confiant ? A-t-il perdu la vue dans un accident ? Est-ce comme avancer la nuit dans le fond mouvant de la mer ? Que peut-il se rappeler lorsqu'il évoque une couleur ou un visage aimé ?

Une vendeuse passe dans le wagon pour apporter des sandwiches et du thé. En entendant son chariot l'aveugle a des réactions enfantines, se frotte le ventre en souriant pour indiquer qu'il se réjouit.

Il commande deux sandwiches et une tasse de thé, plaisante avec la barista et commence à se nourrir.

— Pourriez-vous me prévenir lorsque nous arriverons à Vevey ? demande-t-il à la serveuse.

— L'arrêt est à 23 h 16, il y aura une annonce avant.

Il mange son sandwich en triangle, il enlève à nouveau ses lunettes, les pose précautionneusement sur la table.

La serveuse me demande si je veux quelque chose moi aussi.

— Non merci, je n'ai envie de rien ! dis-je, pensant à cette soirée que je vais manquer, imaginant Stefano et la tsarine.

L'aveugle remet aussitôt ses lunettes, se racle la gorge pour exprimer sa gêne ou me reprocher de ne pas avoir indiqué ma présence plus tôt, de l'avoir laissé se croire à l'abri des regards.

Dans la vitre je croise les deux disques noirs de ses lunettes, la lune se reflète dans le lac, laissant des rayures au pied des montagnes, je ne peux m'empêcher de penser à tout ce qu'il rate, toute cette beauté, et ma mère, aveugle elle aussi.

8

Je trouve Nic couché sur son lit, il porte comme prévu sa tenue de communiant, pantalon en velours et chemise blanche, les yeux grands ouverts, il ne bouge pas en me voyant entrer, il joue avec les pierres que lui a offertes maman, les fait tourner devant son œil à la manière d'un diamantaire.

— Tu dors tout habillé ?

Il continue à regarder ses cailloux, ne me répond rien.

— Tu ne veux plus me parler ? Demain on va voir *Indiana Jones* ou ce que tu voudras ?

Il ne répond toujours rien, reste sans bouger sur le lit, je m'approche et m'assieds sur sa couchette.

— Qu'est-ce ce qui se passe, ça ne va pas ?

— J'ai encore mouillé mon lit, je ne comprends pas, qu'est-ce qui m'arrive ? Est-ce que tu y comprends quelque chose toi, à ce qui m'arrive ?

— Il ne t'arrive rien mon vieux, il faut s'endurcir, tu ne peux pas être toujours dans mes jupes, il faut un jour ou l'autre que tu te démerdes tout seul. Tu dois être un *mensch*, c'est ce que maman aurait voulu, tu ne vois pas qu'ici nous sommes dans le ventre de l'ennemi, tous ces gosses de riches n'attendent qu'un signe de faiblesse pour nous tailler en pièces, tu as vu comment ils appellent les pauvres ? Les suceurs de glace ! Tu as vu leur mépris lorsqu'ils descendent au camping pour trousser des filles, c'est encore le droit de cuissage qui s'applique, tu dois comprendre les règles sinon tu ne vas pas t'en sortir, arrête de te morfondre, pense à Harrison Ford, ce qu'il ferait à ta place ? Et Stallone ? Il foutrait le feu à tout l'internat, il ferait exploser la ville.

Nicolas me sourit, il se lève, pâle, fait quelques pas hésitants, gagne le piano.

— J'ai travaillé le concerto en *fa* mineur, tu veux que je le joue pour toi ?

— Oui, joue-le, demain je t'emmène manger en ville, on peut se prendre des burgers et un milk-shake, tu as besoin de force, Stallone il mange des burgers au petit déjeuner, c'est ça son truc, quinze burgers, trois packs de lait et il fait sauter cette putain de ville.

— Tu te souviens lorsque maman nous faisait faire le shabbat, qu'elle allumait les bougies ? Tu ne voudrais pas qu'on le fasse ce soir pour elle ?

— À quoi est-ce que ça peut servir, est-ce que ça l'a protégée de faire son shabbat ? Maman n'y connaissait rien, elle répétait des prières anciennes dont elle ne comprenait pas le moindre mot, ce n'était que du folklore, Dieu c'est ce en quoi on croit quand on ne comprend rien, un ver de terre qui voit passer un avion à réaction, il doit se dire qu'il vient de rencontrer Dieu et faire son shabbat de ver de terre avec sa crainte de ver de terre.

— Mais comment tu expliques que le monde soit si complexe, si parfait ?

— Le monde n'a rien de parfait, il y a des millions de créatures qui attendent notre extinction dans les fissures, sans dents, rampant, enchevêtrées dans le noir. Le monde n'a rien de parfait, des virus et des prions ne cherchent qu'à nous coloniser avant de s'autodétruire faute de combattants, chacun ne cherche qu'à bouffer son prochain.

— Moi je crois que le monde est parfait, que la nature crée de la beauté partout, que Dieu prend soin de tout.

— Crois ce que tu veux, mais je ne ferai pas ton shabbat, nous n'avons rien de juif en dehors de ton nez.

— Et Stallone, il est juif, non ? Et Harrison Ford aussi ?

— À moitié, à moitié seulement !

— Tu préfères quoi, être piqué par cinquante abeilles ou faire une demi-heure dans une machine à laver ?

— La machine à laver !

Je passe le reste du week-end à m'ennuyer, Nic joue du piano, les dortoirs sont désespérément vides.

Nous arpentons les pelouses de l'internat, Nic est toujours derrière moi à essayer de me suivre avec cet air d'attendre quelque chose, il sent ce parfum que mettent les pauvres quand ils sont de sortie, je lui ai dit cent fois que c'était comme s'il se promenait avec la pancarte *banlieusard* dans son dos, mais il s'obstine.

Lorsque nous sortons, il se maquille, met de la poudre bronzante sur le visage pour paraître aussi hâlé que moi, cela laisse des plaques orange sur ses sourcils et son front. Je fais semblant de ne pas remarquer, mais je vois bien dans le regard de ceux qui le croisent qu'ils le prennent pour une tapette et cela m'humilie. Lorsque je laisse pendre ma main, il la saisit comme si nous étions deux petits garçons partant à la boulangerie avec trois sous pour aller chercher le petit déjeuner un dimanche matin, faire la fierté de nos parents, je trouve toujours une excuse, regarder ma montre, une cigarette à chercher, pour retirer ma main, le plus souvent je préférerais être seul.

Nous nous arrangeons pour rester dans la salle de projection et regarder à nouveau le début du film, puis nous changeons de salle en cachette pour pouvoir en regarder un autre.

C'est un week-end bien ennuyeux à regarder le soleil déplacer sa ligne d'ombre lentement sur la pelouse de l'internat.

Au loin, sur le lac, les vedettes rapides tirent les skieurs nautiques, des adolescents font des figures sur le plan d'eau comme leurs parents et leurs grands-parents avant eux, des générations de monoskieurs racontant leurs exploits le soir au coin du feu devant un brandy, les plus belles figures, les chutes, les blessures.

Quelques mois après l'accident, notre père est parti vaquer à ses affaires et nous a laissés sous la garde de notre vieille babouchka, il n'y a rien de drôle à être sous la protection d'une vieille personne, on se sent plus responsable d'elle que l'inverse, le temps paraît ralenti, on s'ennuyait beaucoup le week-end, à la regarder cuisiner des *knidels* et du bortsch, tirant du thé de son vieux samovar rouillé, aussi jaunasse que sa vieille robe de chambre à carreaux, rapiécée de partout, se tournant pour nous sourire, enveloppée dans cette loque, il n'y a pas d'autre façon de décrire cette robe de chambre, ou ce peignoir, ou quoi que cette chose ait pu être du temps de sa splendeur.

Des journées entières dans ce vieil appartement au rez-de-chaussée, dans notre petite chambre sur rue, à écouter les talons des passants, coupés du monde moderne, de la vibration électrique et sexuelle de la grande ville qui nous parvenait parfois, sirènes hurlantes, autoradios à fond la caisse, basses submarines comme un shoot de désir pur et nous, derrière ces voilages en broderie désuète, avec notre grand-mère, à écouter son vieux transistor qui crachait le monde nouveau dans ce fatras suranné, son odeur d'eau de Cologne Roger & Gallet pour dissimuler celle de la vieillesse, sa boîte à biscuits où elle planquait ses devises que nous fauchions pour aller les changer à la banque, sans succès le plus souvent, ces monnaies n'ayant plus cours depuis longtemps, et son four toujours chaud pour y faire cuire son *lekech*, ses *blintzez* ou je ne sais quelle pâtisserie de pavot et de cannelle, il me semblait parfois que c'était le langage oublié qu'elle voulait réchauffer dans son four, le langage de la petite enfance, mélange d'ukrainien, d'un patois judéo-allemand et d'interjections françaises, qu'elle essayait de faire remonter à la surface, pour retrouver la clarté des jours du tout début du langage, qui nous permettrait de parler à nouveau avec les mots de l'amour, j'ai peur que tu partes, ne prends pas froid, à quelle heure tu rentres.

Mon oreille était presque guérie. Notre grand-mère était allée faire des courses en bus. J'avais emmené Nic sur le carrefour de la Croix-Rousse, à deux minutes de l'endroit où ce camion était tombé en panne.

Nous avions joué au mort une fois encore, je demandais à

Nic de s'allonger au bord de la route, comme s'il avait été accidenté, puis je faisais des signes paniqués aux voitures pour qu'elles s'arrêtent. Lorsqu'elles se garaient, nous partions tous les deux en courant avant que les conducteurs n'aient le temps de sortir pour nous engueuler.

Une voiture s'était arrêtée ce jour-là, le conducteur était furieux mais, au lieu de rester à protester ou à nous invectiver, il était sorti de son break, c'était un homme solide, musclé et trapu. Il nous avait couru après à travers le parking, je fus surpris par sa rapidité mais je sprintais bien, lorsque je m'étais retourné il avait rattrapé mon frère et le secouait par le bras comme une poupée, il vit que je m'étais arrêté et lui donna une énorme gifle qui le fit vaciller, je courus vers mon frère pour venir à son secours, alors que je me penchais vers Nic, l'homme me mit un coup du plat de la main sur la nuque qui me fit perdre l'équilibre ! J'eus l'impression que mon tympan venait de se crever à nouveau.

— Vous croyez que ça va se passer comme ça ! Montez tout de suite dans ma voiture, dit-il en nous tirant par le col de nos tee-shirts, vous allez voir !

Il nous fit asseoir tous les deux à l'arrière de sa voiture, un break familial, et il démarra, le tissu sentait le chien mouillé.

Il serrait son volant et soufflait comme un bœuf, un sapin magique pendait sous son rétroviseur, l'odeur de vanille luttait avec celle de chien détrempé. Parfois je croisais son regard masqué par des lunettes fumées dans le miroir, de dos je ne pouvais voir que son cou taurin, des veines gonflées sortant de sa chemise, sa nuque rouge, presque violacée, je me souviens avoir pensé à son sexe, l'avoir imaginé puissant, gonflé de sang, parcouru de larges veines.

— Où habite votre père, hurla-t-il, bande de petits cons !

— Notre père est en Guyane, répondit Nic.

— Les parents laissent les gosses grandir seuls, voilà ce que ça donne ! Une bande de petits cons ! Où est votre mère alors ?

Je fis signe à Nic de se taire.

Il roulait nerveusement tout en nous injuriant, il dépassa la maison de notre grand-mère. Nous gardions le silence.

Nic me regardait, je pouvais voir l'empreinte de la main de l'homme sur sa peau pâle, les doigts épais tatoués sur son visage d'enfant et ses lèvres serrées, son obstination à ne pas pleurer.

— Alors ? Je m'en fous, je débarque à son boulot, c'est une question de principe, bande de petits trous du cul, vous préférez peut-être la police ? C'est votre mère qui vous a élevés comme ça ? Pas étonnant que votre père soit au bout du monde ! Il s'est taillé ! Elle va entendre parler de moi ! Où se trouve-t-elle, bande de merdeux ?

— Route du Condroz.

— Quel numéro ?

— Au 70 route du Condroz.

Nicolas me regarda avec anxiété, ne comprenant pas pourquoi je mentais à cet homme menaçant.

Nous traversâmes la ville, les centres commerciaux, magasins de bricolage, fast-foods, hangars posés le long des routes.

Lorsque nous arrivâmes route du Condroz, le chauffeur,

qui semblait s'être un peu calmé, se retourna et s'adressa à Nic.

— Je ne voulais pas te faire de mal hein petit, dis-moi mon bonhomme tu habites où, après ou avant le cimetière ? C'est normal de ne pas laisser passer ce genre de chose, il faut des principes, sinon tout s'effondre, voilà tout !

— Arrêtez-vous là, dis-je, d'une voix indifférente, devant les grilles s'il vous plaît.

— Vous habitez juste en face du cimetière ?

— Vous voulez parler à notre mère n'est-ce pas ? Elle se trouve dans l'allée numéro douze, emplacement vingt-trois, à côté de la famille Zing, mais je ne suis pas sûr qu'elle ait encore son mot à dire sur notre éducation.

L'homme baissa les yeux, puis se retourna en fixant son arbre magique à la vanille, comme si une issue honorable devait se trouver là, quelque part.

— Je ne pouvais pas savoir, je suis désolé mes petits, je peux vous emmener quelque part si vous voulez, dit-il dans un souffle, je ne...

Il ne paraissait plus menaçant du tout, au contraire il semblait désolé, les veines de son cou s'étaient dégonflées, un petit homme repentant et courbé.

— Je vous redépose là-bas, tenez voici dix francs, vous vous achèterez des bonbons, dit-il en tendant à Nic un billet que j'attrapai au vol.

Nous roulions dans les banlieues en silence, j'observais les silhouettes poussant des caddies de supermarché, constatant avec quelle rapidité j'avais transformé cet homme furieux en agneau pénitent, songeant que nous disposions là, mon frère et moi, d'une arme redoutable, d'un pouvoir bien plus grand encore que la force, plus grand que le pouvoir des bourreaux, le pouvoir des victimes, une sorte d'art martial qui, bien maîtrisé, pouvait transformer la force de votre agresseur et la retourner contre lui.

Je sortis de la voiture sans dire un mot et mis mes mains dans les poches.

— Faites attention sur cette route, c'est dangereux tout de même, vous pourriez être blessés pour de bon, tu dois prendre soin de ton petit frère, hein, tu comprends ?

Je le regardai, haussai les yeux vers le ciel, je n'aurais pas mis plus de mépris en lui crachant au visage.

Nic descendit de la voiture à son tour et se tourna vers l'homme.

— Pardon, je suis vraiment désolé pour toute cette histoire monsieur, et il fondit en larmes, je crus voir que l'homme se mettait lui aussi à pleurnicher.

J'entraînai Nic par la main aussitôt.

— Mais qu'est-ce qui ne va pas avec toi, ce type t'a retourné la tête avec une beigne et tu t'excuses en pleurant ?

9

Le jour de mes dix ans, une cousine s'est approchée de moi et m'a dit : « Désormais tu auras deux chiffres toute ta vie ! »

Je n'ai pas su quoi répondre, mais je lui en ai voulu, comme si elle me jetait un sort, me soumettant dorénavant aux lois de la corruption des corps.

Il y a bien longtemps que je n'aime plus mes anniversaires, à quoi bon les fêter quand celle qui vous a mis au monde n'existe plus.

Bonne-maman a essayé de m'appeler, je n'ai pas répondu. Qu'elle me raconte une fois encore le jour de ma naissance, comment elle avait pris le bus pour arriver à la clinique avec son parapluie, s'était débrouillée pour tromper la surveillance des infirmières, était entrée dans la salle de réveil pour s'extasier devant moi.

« Il est bien membré celui-là », ses premiers mots en me voyant ! Petite fabrique de mâles alpha, de génération en génération ! Entendre à nouveau que j'avais failli mourir, mal placé, le cordon entortillé autour du cou, déjà disposé à la mélancolie, non, aucune envie, j'ai seize ans aujourd'hui.

Nous dînons de bonne heure Nic et moi dans une cantine américaine, la serveuse a des paupières tellement maquillées qu'elles semblent crouler sous leur propre poids, elle nous apporte un burger frites et un milk-shake vanille, notre boisson préférée. Je bois à toute vitesse et je me givre les sinus comme je le fais chaque fois depuis que je suis arrivé sur cette terre, à croire que je ne fais aucun progrès dans l'existence.

Durant tout le repas nous n'avons pas grand-chose à nous dire. Juste derrière nous il y a un juke-box, où ils n'ont que des vieux tubes français, et les clients perdent leur monnaie en voulant écouter Johnny Hallyday ou Eddy Mitchell car il est, heureusement, hors service.

Au moment du dessert, Nic sort de sa poche un objet emballé dans une boule de papier kraft, c'est le cadeau le plus mal conditionné qu'il m'ait été donné de voir, je l'ouvre, c'est un petit miroir rouge en forme de cœur. Je m'inspecte dedans, rien de neuf, j'ai beau m'observer plusieurs heures par jour, il y a toujours quelque chose d'irrésolu, de flou dans mon visage. Ce soir, j'ai l'air nauséeux, peut-être est-ce à cause de la tonne de sucre qu'ils ont mis dans ce milk-shake.

Je finis par larguer Nic et son cadeau pour aller retrouver les autres au dortoir de la tsarine. Pas question qu'il me suive avec ses plaques de fond de teint, ses bondieuseries.

Stefano et Marwan jouent au backgammon sur le lit, des parties à cent francs la fiche, notre budget repas pour un mois, le videau est placé au centre du plateau, je regarde le dé grimper. Marwan perd trois mille francs en vingt minutes.

Alice et Lily, qui vient de nous rejoindre, sont assises à la fenêtre fumant une cigarette et buvant un spritz. Lily est la seule juive de ma classe, est-ce pour cela qu'ils l'ont invitée ? Pour apparier les coreligionnaires ? Elle me regarde avec défiance, elle s'est donné du mal pour effacer toute trace de ses origines, à seize ans elle s'est déjà fait refaire le nez et les lèvres, elle aurait sans doute dû attendre la fin de sa croissance, on dirait qu'un sortilège talmudique est parvenu à défaire le travail du chirurgien qui avait redessiné son nez, restituant non seulement son aspect busqué mais faisant apparaître une bosse supplémentaire, montrant aux yeux de tous qu'on ne peut jamais vraiment se cacher, que la honte de notre naissance réapparaît, tôt ou tard.

Alice s'en amusait juste avant l'arrivée de Lily, sirotant un verre de rosé avec des glaçons.

— Elle s'est encore faire refaire quelque chose pendant les vacances d'été, après les lèvres en hot dog je crois qu'elle s'est fait enlever des côtes cette fois-ci, mais son nez c'est un accident industriel, c'est vraiment atroce, dit-elle faisant tomber les cendres de sa clope sur le sol.

— Elle s'est fait aussi liposucer les mollets et le cul, ajoute la tsarine, abaissant son jean de son poignet gracieux, un diamant épinglé à son nombril.

— Qu'est-ce que ça peut te foutre, interrompt Stefano, je croyais que tu étais pour la correction des inégalités dans le monde ? Tu ne crois pas que la beauté est la plus grande inégalité qui soit ? Pourquoi tout le monde n'y aurait pas accès ? La plupart des filles du pensionnat sont belles parce que leurs pères sont millionnaires et que les femmes des riches sont belles. Vos petits nez parfaits, vos jambes élancées, vos culs compacts et haut perchés, tout cela a été acheté par vos pères au prix fort auprès de vos putes de mères ! Peut-être que la mère de Lily a un gros cul mais d'autres centres d'intérêt que les vôtres, qu'elle ne feuillette pas les catalogues Vuitton en se demandant quelle valise irait bien avec son dessus-de-lit.

— Je crois juste que le père de Lily était tellement moche que c'était perdu d'avance ! Mais après tout, si ça t'amuse de voir dans la chirurgie esthétique un acte politique ! Peut-être un de tes trucs nietzschéens !

Stefano sourit, prend une gorgée, il a une de ces manières masculines de boire, de prendre le verre comme s'il allait exploser au contact de ses mains, je regarde sa pomme d'Adam monter et descendre, je ne peux m'empêcher de l'admirer, il repose le verre sur la table, s'allume une cigarette.

— Tu en veux une ? me dit-il, me tendant la cigarette qu'il avait mise à ses lèvres.

J'acquiesce.

— Ton frère nous rejoint plus tard ? demande-t-il. Il prend le temps de se faire une beauté ?

Ils éclatent tous de rire mais, je ne sais pourquoi, c'est à Lily et à elle seule que j'en veux. La tsarine fait mine de s'extasier sur son pantalon en cuir et sa nouvelle frange.

Stefano nous sert à tous du Courvoisier, un cognac hors de prix, il monte le son mais personne ne s'aventure à danser, nous restons affalés sur le lit et le canapé.

— On se fait chier, dit Stefano en sortant une petite boîte en métal de la poche de sa veste en jean, la posant au milieu de la table.

Il reprend la boîte, en renverse le contenu, une poignée de pilules bleues.

— J'ai fait un petit marché pour ton anniversaire, dit-il.

— Qu'est-ce que c'est ?

— Un accès à l'amour pur !

Stefano jette un cachet dans sa gorge, l'arrose d'une gorgée de cognac, Marwan et Alice l'imitent aussitôt, Lily fait semblant de ne pas avoir vu la scène.

— Prends-en, il faut qu'on soit tous dans la même vague, dit-il en s'allumant un joint.

La tsarine prend deux pilules bleues, me regarde dans les yeux, les pose sur sa langue, elle prend une gorgée, fait circuler le liquide dans sa bouche, remplissant tantôt une joue, tantôt l'autre, avec un air lascif, comme si un sexe lui déformait les joues, puis avale d'un coup et éclate de rire, faisant couler du cognac sur le sol. J'attrape une pilule, Stefano et Alexia me regardent, je la mets dans ma bouche, je prends une gorgée à mon tour. J'ai entendu tant d'histoires de types restés coincés à jamais dans un cauchemar paranoïaque, mais je ne peux pas perdre la face, je ne peux pas refaire le coup de la crampe.

Je bloque la pilule sous ma langue et avale doucement le cognac.

Stefano me prend par l'épaule dans un geste fraternel.

— Tu en as déjà pris ? dit-il, me fixant de ses yeux bleu gris sale.

Je hausse les épaules, je ne peux pas lui répondre sous peine qu'il s'aperçoive que j'ai coincé la pilule.

— Il suffit de laisser les pensées te traverser, il ne faut pas avoir peur, l'ennemi c'est la peur, elle forme toutes sortes de labyrinthes, elle s'alimente elle-même, lorsqu'elle t'envahit, tu peux trouver des visions qui ne te quitteront jamais plus.

Je vais aux toilettes et crache dans la cuvette ce qu'il reste de la pilule bleue, un filet de bave s'écoule, l'ecstasy s'est dissous pour l'essentiel sous ma langue, déjà dans mon sang, je crache à nouveau, tire la chasse.

Lorsque je reviens, Stefano est torse nu, il a ouvert la fenêtre de la chambre et fume à l'air libre. Alexia a monté le son de la hi-fi, un disque des Smiths à fond, *Bigmouth strikes again*, déclame Morrissey plus emphatique que jamais, *Oh sweetness, sweetness, I was only joking when I said I'd like to smash every tooth in your head.*

Alexia et Lily se mettent à danser, est-ce que cette chanson fait référence à la bouche refaite de Lily ou est-ce une coïncidence ? Ces dents dans mon palais, ne sont-elles pas justement en train de fondre, de se déplacer, flottant dans ma bouche comme des pétales dans un vase, je me mords les doigts, il me semble que ma mâchoire est anesthésiée et glacée, les filles dansent, la drogue commence à faire son effet, ma bouche est sèche, une vague de chaleur remonte, de l'air glacé pénètre dans la chambre, pourtant une houle chaude me monte le long du corps, je peux ressentir la douleur de mon ancien zona, les fièvres de mon voyage en Égypte, une maladie de l'enfance qui reviendrait sous l'effet de la drogue, suivant chacun de mes nerfs.

— Ferme ! On va attraper froid, demande Lily à Stefano.

Mais il a sorti son corps en entier par la fenêtre, il se tient accroupi sur le balcon dans la position d'un oiseau, ses épaules éclairées par la lumière de la cour de l'internat, sa glotte saillante monte et redescend, son long cou décharné, ses cheveux coupés à ras, sa tête paraît minuscule sur ce corps puissant.

Such a shame to believe in escape, le chanteur a une voix de trompette bouchée, le rythme est dansant et commercial mais les paroles semblent être un appel à l'aide à travers les tuyaux glacés de la bande FM.

— T'es dingue, dit Lily à Stefano, qui se lève d'un bond, enjambe le balcon.

— S'il tombe on va devoir le ramasser à l'éponge, s'amuse Marwan, ça fera une sale corvée de nettoyage !

Je me penche par l'autre fenêtre, je le retrouve debout, pieds nus sur la corniche, je peux ressentir la sensation de ses pieds, de son dos nu contre le mur glacé, je peux imaginer le contact de son beau nez grec, de ses dents parfaitement alignées contre le béton de la cour d'honneur, de ses pavés où tant d'élèves ont marché. Le vent s'engouffre dans la cour du méridien, sa peau est asséchée, ses muscles ont des contractions involontaires. Il a dépassé le milieu du gué à présent, il est plus facile pour lui de continuer dans cette voie que de revenir.

Quelque chose en moi souhaite qu'il tombe, une force honteuse qui me permettrait de porter son deuil, d'être anobli par la proximité de la mort.

Après l'accident de maman, n'ai-je pas tiré un certain réconfort des manifestations de sollicitude que je m'attendais à recevoir. Pouvoir lire dans le regard des filles que j'étais à consoler, à aimer, n'avais-je pas espéré tirer profit de la mort de ma mère pour obtenir des faveurs, des caresses ?

Stefano avance d'un pas, il pivote et se retrouve dans le cadre de la fenêtre, il me sourit, me tend la main.

— Tu ne me lâches pas, d'accord ?

Il se laisse aussitôt retomber en arrière, au-dessus du vide, seule ma main l'empêchant de se fracasser la colonne et le crâne dix mètres plus bas.

Je tire de toutes mes forces et le ramène à moi, son entrejambe à hauteur de mon visage. Il reste un instant sans bouger.

— Tu veux bien me laisser passer ?

Je m'écarte en rougissant.

— T'es vraiment trop con, lui dis-je, tu aurais pu te casser le cou.

Je me tourne vers Alexia.

— Tu ne trouves pas que c'était complètement débile ?

Elle hausse les épaules.

— Ceux qui veulent vraiment se tuer le font sans trop de mise en scène. L'an dernier, un terminale s'est pendu, il n'a rien dit à personne. Je ne me ferais pas de souci pour lui à ta place.

Stefano s'approche de moi en riant.

— Qu'est-ce qu'il y a, on dirait que tu as eu un coup de chaud ?

Il plonge son poing dans le saut à glaçons et me caresse le visage de sa main humide.

— Tu as couché avec Stefano ?

— Tu veux vraiment savoir ça ? dit Alexia en buvant une gorgée de cognac.

— Si je te le demande.

Elle me regarde crânement et se met à rougir.

— L'autre soir, quand tu es rentré, je n'en avais pas vraiment envie, je pensais surtout à toi.

— Pourquoi l'as-tu fait alors ?

Elle hausse les épaules.

— Peut-être parce qu'il a insisté !

— Tu as aimé ?

— Je ne sais pas trop, parfois je me dis que la vie consiste à faire semblant d'aimer ce qu'on subit, c'est sûrement ça la vie pour beaucoup de gens, essayer d'aimer ce qui nous est arrivé.

Je me rapproche, nous sommes seuls dans sa chambre à présent, je me mets à pleurer, des sanglots qui remontent de loin, réservoirs intacts depuis l'accident. Je ne sais pas si je pleure de rage à l'imaginer avoir couché avec Stefano ce soir-là ou si c'est un effet habituel de la descente des drogues.

— C'est à cause de moi ?

— Non.

— Pourquoi tu pleures alors ?

— Parfois je ne sais même pas pourquoi je suis triste, dis-je, fondant en larmes de plus belle, elle prend ma tête entre ses mains pour apaiser mon chagrin, je ne peux arrêter mes sanglots que pour l'embrasser, je reprends une lampée de XO.

— Ne bois pas autant !

Je l'embrasse à nouveau, des baisers appuyés et insistants, je mets ma langue anesthésiée dans sa bouche.

— Je suis tellement désolée pour ta maman !

Je commence à la déshabiller.

— Si je pouvais prendre un peu de ta douleur, je le ferais.

Je tente de baisser la bretelle de sa robe sans lui répondre.

— Il faut que tu retournes dans ta chambre, dit-elle en la remettant en place.

Je continue à l'embrasser, laissant couler à dessein mes larmes sur sa peau, me remémorant l'enterrement pour ne pas qu'elles tarissent, qu'elle ressente ma tristesse s'écouler le long de son corps, je tète à nouveau le goulot, descendant ma main, elle essaie de me diriger ailleurs. Je pose mon visage contre son ventre, son reflexe maternel ne se fait pas attendre, elle enfonce ses doigts dans mes cheveux, je commence à défaire sa ceinture.

— Ce n'est pas le moment, pas ce soir, vraiment pas – elle se lève d'un coup –, il faut que je me couche, je suis crevée, bonne nuit, dit-elle, me laissant en plan, jean baissé.

Il est trois heures du matin, je passe devant le bâtiment des sciences où se trouvent les appartements de monsieur Malvoisin, une lumière blanche filtre sous la porte, j'avance sur la pointe des pieds, je tends l'oreille, il me semble entendre une femme parler dans une langue que je ne comprends pas, une langue ressemblant au bruit de cailloux que l'on frotterait lentement les uns contre les autres, à la fois chuintante et rude, puis plus doucement les gémissements d'un homme, je ne sais s'ils sont de désespoir ou de plaisir.

Dans ma chambre, je me déshabille en imaginant les différentes manières dont je pourrais mettre fin à mes jours, le rasoir, la corde, le silence des lignes à haute vitesse, quelque part entre deux passages à niveau. Il y a une volupté à imaginer sa mort, on se représente la peine des autres, cela réconforte à bon compte.

Je me penche au-dessus de Nic pour écouter son souffle, tant de nuits au-dessus de son berceau, puis de son lit en forme de voiture avec des pneus en mousse, l'écouter respirer, la berceuse de son souffle, comme si j'étais témoin d'un miracle, un événement si fragile que n'importe quel observateur pourrait détruire, j'ai parfois cette impression lorsque je regarde un avion qui trace son sillage dans le ciel, il me semble qu'en le regardant je pourrais lui faire perdre un aileron, le faire chuter.

Le téléphone sonne.

— Tu croyais que je t'avais oublié ? Bon anniversaire mon chéri !

— C'est toi papa ?

La ligne est mauvaise, des interférences électriques, une autre conversation la parasite, une voix de femme en espagnol, *qué significa este…* Est-ce qu'il est dans une cabine au bord d'une piste en terre, avec le bruit des camions qui partent défoncer la forêt à coups de pelleteuse, ou utilise-t-il son téléphone satellite iridium, puisqu'il faut bien que ces fusées qu'ils balancent depuis la jungle servent à quelque chose ?

— Je rentre de Kourou fin décembre.

— Tu nous emmèneras au ski pour Noël ?

— On verra, je ne sais pas encore si les dates vont coller.

« *¿Que dices, alguien?* », claironne la voix à nouveau.

— Embrasse ton frère de ma part.

— Comment ?

— Embrasse ton frère.

— Il dort !

— Embrasse-le tout de même pour moi, il fait quel temps chez toi ?

— Il fait nuit.

Cette voix, par où passe-t-elle pour arriver jusqu'à moi, est-ce encore le câble océanique ? Un toron rouillé dans les profondeurs où transitent les télégrammes, les messages d'amour, escortés par les lamproies, ou est-ce une nouvelle connexion aérienne, les satellites qui rôdent à cinq cents kilomètres d'altitude ? Je voudrais dormir, que la voix de mon père n'arrive plus jusqu'à moi, qu'il ne s'en sorte pas si facilement, que ses mots d'amour percutent la station MIR, désintègrent les Russes qui font leur yoga en apesanteur, pendant qu'on s'emmerde ici-bas, deux mille bornes à vol d'oiseau irradié de Tchernobyl.

— Bonne nuit mon chéri, tu n'es pas très bavard ! Tu m'entends ?

— Oui, bonne nuit.

— Tu sais, le jour de ta naissance…

— Quoi ?

— C'était une merveilleuse journée, il faisait beau et chaud, c'est moi qui t'ai réchauffé, peau contre peau, c'est comme ça avec les césariennes, la première peau que tu as touchée c'est la mienne.

— Je n'entends pas bien papa !

— OK, bonne nuit !

Je raccroche. Est-ce qu'il s'imaginait que j'allais pleurer de joie en apprenant qu'il s'était déplacé en personne, le jour de ma naissance ?

Je me couche sur mon lit, je ne sais pas si ce sont les effets de la pilule, j'entends encore les musiques de la soirée, Morrissey, sa complainte d'opérette dans mes oreilles qui résonne comme si ma boîte crânienne était une chambre d'écho, une grotte fêlée où les sons se réfléchissent sans fin dans l'obscurité. Des mots qui ralentissent jusqu'à perdre toute plasticité, devenus blocs de pierre.

Je m'accroche à mon lit, il me semble que mes jambes sont prises elles aussi dans des blocs de granit, qu'elles se fossilisent, que je deviens un rocher, et je perçois soudain l'immensité du silence qu'il y a dans ma tête.

« Kourou », dis-je à voix haute pour rompre le silence, et je répète ce mot, le faisant résonner dans l'air sec de la pièce surchauffée, Kourou, cette ville où mon père travaille, un nom enfantin qui fait penser à celui d'un jouet, un endroit inconnu d'où ils lancent leurs fusées dans l'espace, est-ce qu'il y a un trou dans le ciel par là-bas ? Kourou, Baïkonour, cap Canaveral, il me semble soudain que ces noms sont des inventions de petits garçons espiègles, que peut-être personne ne va vraiment là-haut, une simple blague potache et je commence à rire tout seul.

Je mets un tee-shirt et un caleçon, je me glisse dans le lit à côté de Nic, il a encore son odeur de lait caillé, dans le pli du cou, ineffaçable.

Je serre mon frère, un canot de sauvetage dans une mer formée, des milliers de mètres de fond en dessous de nous.

Le jour se lève, les oiseaux commencent à piailler en tous sens, des minuscules dinosaures, pourquoi les admire-t-on autant, simplement parce qu'ils volent ? Ils se moquent les uns des autres, se bouffent entre eux, ne pleurent pas la mort de leurs semblables, ils ne font que voler sans efforts, en appui contre le vent, cherchant quelque chose à becqueter, les petits des autres, un mulot à éventrer, ils n'ont rien à foutre de personne, porteurs de mauvais présages.

10

Certains professeurs ne sont pas apparus ou presque depuis le début de l'année, monsieur Demars, notre professeur d'anglais, bien que présent le jour de la rentrée, est absent depuis, la rumeur prétend qu'il serait atteint d'une maladie incurable ayant commencé par infecter son coude avant de se répandre dans le reste du corps.

Le professeur de musique, monsieur Corbier, ne donne plus cours depuis plusieurs années, pourtant personne n'a songé à le remplacer, on raconte que toute sa famille serait morte brûlée vive dans un accident de voiture.

Il continue à habiter sur le campus, au-dessus du bâtiment des sciences, on le croise parfois dans son complet en velours, raidi par la crasse, des taches suspectes sur son pantalon, se parlant à lui-même, rasant les murs.

Exerce-t-il encore une fonction au lycée, à quel titre habite-t-il à l'internat ?

Nul ne le sait, on imagine que monsieur Malvoisin ne peut se résoudre à le laisser profiter de la bonne vieille hospitalité des asiles communaux suisses.

Monsieur Laval en revanche ne rate jamais un cours et

cherche à maintenir une certaine rigueur, pourtant il n'est que professeur de poésie, une simple option, pas une vraie discipline, dont le cours a lieu dans un algeco signifiant sans équivoque la relégation de la matière enseignée.

— Qui souhaite réciter un poème ? demande monsieur Laval ce jour-là.

On fait mine, comme chaque fois, d'être occupés à griffonner quelque chose, on prend des notes, on se fait aussi petits que possible.

Alice fouille dans son sac, Lily est en boule, sa table lui servant ostensiblement d'oreiller.

Stefano griffonne sur un petit livre, un coup de crayon sûr et rapide, le col de sa chemise est sale et froissé, ses cheveux lui tombent sur le visage, il est pâle, les lèvres bleues, on dirait qu'il n'a pas dormi. Il lève les yeux, me sourit, je ne vois pas ce qui peut le rendre heureux, il fait beau et nous sommes coincés pour une heure avec Laval, peut-être est-il encore défoncé, moi aussi je ressens toujours les effets de la pilule d'hier, des bouffées d'angoisse qui remontent, un goût de métal, de foin brûlé, une inquiétante impression d'étirement du temps, d'incohérence, la sensation que quelque chose de grave se prépare, qu'un système de serrage irréversible se met en place autour de mon cerveau.

— Quelqu'un peut-il monter sur l'estrade et nous lire le texte qu'il a choisi ? poursuit monsieur Laval.

Silence toujours dans le petit algeco. Par la fenêtre je vois des élèves détaler, c'est la fin d'après-midi, un coin de ciel apparaît dans l'encadrement, il me semble avoir aperçu un homme habillé d'une ample pèlerine noire en laine épaisse, comme en portent les moines, je n'ai vu que son dos.

Je suis pressé de retrouver l'air libre, respirer, que ne donnerais-je pour une bière glacée, un verre givré, sentir la fraîcheur, juste une lampée, et puis rentrer dans ma chambre pour me branler, je sais déjà à quoi je vais penser, j'ai le scénario, le papier toilette, je vais utiliser la main gauche pour donner l'impression d'une main étrangère. La salle est surchauffée et toujours cette douleur lancinante à la tête. Qui donc peut encore s'intéresser à la poésie à notre époque, n'est-elle pas morte en silence en même temps que les balades en calèche et la chasse aux papillons ?

— Allons, allons, c'est un exercice libre, vous n'aviez qu'à choisir un texte que vous aimiez et me le lire, c'est dans vos cordes non ? Quelqu'un se dévoue ou c'est moi qui désigne l'un d'entre vous ? glapit monsieur Laval, arpentant la salle, mains dans le dos, semelles crissant sur le sol en plastique, Laval, chahuté sans relâche, misérable petit homme au crâne dégarni, aux joues roses, professeur de poésie ! Pauvre homme griffonnant depuis cinquante ans des poèmes d'amour non partagé, et qui donc voudrait d'une nuit d'amour avec Laval ? Par quelle malencontreuse fortune a-t-il fini par enseigner la poésie, matière qui ne compte pour rien, coefficient infime aux partiels, et ces manières précieuses, qui font de lui une cible, nous aimons féminiser son nom, le rendre ridicule, *lavalette*, *la lavette* ou *avale tout*, c'est selon.

Stefano se lève d'un pas théâtral, il est sûrement raide, il avance comme un mauvais acteur dans une pièce de fin d'année, se frotte aux tables de l'allée centrale, frôlant les épaules de nos camarades, un cauchemar de lascivité et d'érotisme adolescent qui ne peut laisser Laval insensible.

Planté sur l'estrade, il se déhanche, ouvre un petit livre de poèmes, Laval se tord le cou pour essayer de deviner l'auteur choisi, mais c'est une collection dont toutes les couvertures se ressemblent.

— Pouvez-vous dire à vos camarades quel poème vous avez choisi ? demande monsieur Laval d'une voix aigrelette.

— Oui, dit Stefano, sérieux et grave, ne trahissant aucune ivresse, c'est un texte de Jean Genet.

Le professeur de poésie s'empourpre aussitôt.

— Ah ! C'est un grand poète bien sûr mais êtes-vous certain que c'est approprié à l'exercice demandé ?… Enfin, tout dépend de l'extrait…

Mais Stefano a ouvert son livre et commence déjà à lire.

Le vent qui roule un cœur sur le pavé des cours,
Un ange qui sanglote accroché dans un arbre
La colonne d'azur qu'entortille le marbre
Font ouvrir dans ma nuit des portes de secours.

Stefano a pris un ton solennel qui fait sourire toute la classe, il continue avec une pointe d'accent méridional :

Un pauvre oiseau qui meurt et le goût de la cendre
Le souvenir d'un œil endormi sur le mur,
Et ce poing douloureux qui menace l'azur
Font au creux de ma main ton visage descendre.

Son ton se fait plus emphatique encore, un accent du Midi, comme si Fernandel prononçait le discours d'entrée au Panthéon de Jean Moulin. La plupart de mes camarades pouffent de rire, Stefano se mord les lèvres, Laval change de fesse sur sa chaise, se lève, hésite à interrompre, fait mine d'être amusé lui aussi, transpire, sans doute préfère-t-il s'épargner une explosion de chahut, de toute façon Stefano continue la voix vibrante de trémolos, dévisageant Laval.

Et c'est pour t'emmancher, beau mousse d'aventure,
Qu'ils bandent sous leur froc les matelots musclés.

Les rires fusent de partout, Stefano se tient sur l'estrade, sa voix fend l'air, vole au-dessus des rires, Laval reste à la fenêtre, un sourire idiot figé sur les lèvres, les yeux baissés, à sa merci, faisant semblant de prendre des notes dans un carnet puis regardant dans la cour, déserte à cette heure, à la recherche d'un improbable salut.

Baise sa tête enflée, enfonce dans ton cou
Le paquet de ma bite avalé d'un seul coup.

Stefano continue et les rires nerveux, incrédules, hystériques, lui font comme un chœur d'encouragements.

Adieu vont s'en aller !
Adieu couilles aimées !
Ô sur ma voix coupée adieu chibre insolent !
Il descend vers le soir pour chanter sur le pont
Parmi les matelots à genoux et nu-tête

Les rires finissent par cesser, Stefano reprend un ton naturel, presque mélancolique, nous nous laissons bercer par le roulis de sa voix à présent, de ces images fracassées, des corps enchevêtrés, mélangés, sur le pont d'un navire qui ne va nulle part.

Un mac éblouissant taillé dans un archange

continue Stefano d'une voix cette fois bouleversée.

Il lève la tête de son livre et m'adresse un sourire, ses yeux mystérieux et tristes, ses cheveux tombant sur son visage lui font comme un linceul.

Enfant d'honneur si beau couronné de lilas !
Penche-toi sur mon vit, laisse ma queue qui monte
Frapper ta joue dorée.

C'est moi à présent qu'il fixe, j'ai le sentiment que toute la classe peut voir que c'est à moi qu'il s'adresse, à moi qu'il lit ce poème.

Les matins solennels, le rhum, la cigarette…
Les ombres du tabac, du bagne et des marins
Visitent ma cellule où me roule et m'étreint
Le spectre d'un tueur à la lourde braguette.

À moi et à moi seul, et c'est à mon tour de baisser les yeux.

11

Il a plu sans arrêt depuis trois jours, l'orage semble rester coincé dans la vallée, encerclé par les montagnes du Grand Combin et du Cervin, son allure de dent de requin plantée dans les mâchoires du monde, nuages noirs stationnant au-dessus de l'institut, comme si le vent s'était retiré, nous laissant ces enclumes sur le point d'exploser.

Des flaques d'eau boueuses sont apparues jusque dans la cour d'honneur.

Nous sortons d'une leçon d'histoire-géographie, j'ai toujours bien aimé cette matière, une manière de voir du pays sans danger, et j'ai une mémoire sans défaut, rien d'autre à faire qu'apprendre par cœur des superficies, des données, la production de bois du Laos, le pétrole vénézuélien.

Aujourd'hui nous avons étudié le miracle économique ivoirien, les pays émergents, les nouvelles démocraties en Afrique de l'Ouest.

— Tu parles, me dit Stefano, une bande de pantins qui roulent en Bentley et jettent leurs opposants aux crocodiles pendant que nous pillons leurs ressources ! Miracle économique ! Qu'ils gardent leurs salades pour les journaux télévisés.

Alexia, Stefano et moi traversons la cour du méridien, un cadran solaire de trois mètres de haut sur lequel un cercle équatorial indique la gradation des heures. C'est cette ligne précisément qui définit notre position par rapport au méridien de l'observatoire de Greenwich.

Il y a des gueulantes dans la partie septentrionale de la cour du rocher, des éclats de voix, un attroupement. Nous essayons de passer, mais le cercle est trop compact, nous finissons par nous frayer un chemin, les coudes en avant, comme des baïonnettes, la pluie tombe doucement sur la pierre glissante du rocher.

— Qu'y a-t-il ? demande la tsarine à un élève.

— C'est le bizutage du zombie, répond un gosse surexcité, sautant sur place pour apercevoir un peu du spectacle.

— Qui est le zombie ? demande Stefano.

— Je ne sais pas, une gueule en terre, un sixième !

Nous forçons le passage. Un enfant se tient de dos, torse nu au milieu des autres, à quatre pattes, en train de manger des croquettes pour chien.

— Sors de ta niche, zombie, hurle un garçon nommé Sullivan.

— Zombie, hurlent les autres enfants. Zombie, Zombie.

Le zombie, bien sûr, c'est mon Nicolas qui se tient au centre du cercle de la cour du rocher, à genoux, courbé, rachitique, sa colonne dessinant un z, tordue comme le dos flagellé d'un martyr, semblant servir de paratonnerre à l'orage qui tarde à venir, à la colère de l'internat, sa république d'enfants cruels.

Mon Nicolas avec sa morphologie bizarre, dérangeante, exposée aux yeux de tous, créature qu'on pensait éteinte, disparue dans les forêts de Lituanie et de Pologne avec les golems et les dibbouks.

— Zombie ? Pourquoi l'appelle-t-on ainsi ? demande Stefano à un élève qu'il attrape par le col de sa veste.

— Il paraît qu'il se shoote avec des hormones, du sang de cadavres, c'est dégueulasse !

— Casse-toi ! répond Stefano en le poussant.

Mon Nicolas grelotte, des larmes lui coulent le long des joues, il fait des gesticulations inutiles de ses poings cagneux, des jérémiades susceptibles d'attirer les rires.

Face à lui, Sullivan et Fuch, deux élèves de première, sont hilares.

Chacun tient une godasse de Nicolas dans la main.

— Une pompe de nain, hurle Sullivan.

La portant à son nez, mimant l'écœurement, pantomime grotesque, la jetant à Fuch, faisant rire leur public, la joie du pogrom, l'enthousiasme de la ratonnade !

— Gueule en terre, le zombie ! ordonne Sullivan après s'être débarrassé de ses chaussures.

Mon frère reste droit, tient tête à ses persécuteurs.

— Gueule en terre ! répète Fuch à son tour, le prenant par l'épaule, mais à peine l'a-t-il saisi que mon frère perd l'équilibre, glisse en arrière sur les pavés trempés et chute lentement. Il se relève, du sang lui coule du nez, se répand sur sa chemise, couleur de betteraves écrasées.

— Tu veux bouffer encore des croquettes ? Elles sont par terre, lèche !

Mon Nicolas à un haut-le-cœur, voilà qu'il vomit.

— C'est dégueulasse, hurle Fuch, ravale ton vomi, zombie, pas de ça ici.

Je fais un geste pour m'interposer mais Stefano me retient en me passant le bras autour du cou.

— Laisse-le, pas de privilèges, tu es d'accord avec ça non ? C'est important sinon il ne se fera jamais respecter, nous sommes tous passés par là, après il pourra faire la fête comme nous tous !

J'ai beau savoir que Nic ne fera la fête avec personne, qu'il ne s'agit de rien d'autre que d'une violence gratuite, d'une force qui se cherche un prétexte, je ne peux m'empêcher de laisser le rituel se poursuivre.

Mon Nicolas se redresse, il se tient devant ses persécuteurs, comme le Christ devant ses juges.

— Gueule en terre, hurle Sullivan à nouveau.

Le corps de mon frère est secoué de spasmes, de tous les efforts qu'il fait pour ne pas pleurer. Il serre les poings comme je le lui ai appris, au fond des poches, Fuch passe derrière lui, lui balaie les deux jambes, cette fois il tombe brutalement, son corps en chutant sur les pavés fait le bruit d'une ventouse.

— On pourrait déboucher les chiottes avec son sang de zombie ! lance Sullivan.

C'est lui qui dirige les opérations, le plus violent du collège, rien à en tirer, petite brute rougeaude du fond de la classe, enfant peu adapté à cette molle époque de paix, qui en temps de guerre aurait sans doute excellé comme commandant d'un bataillon, exprimant son ingéniosité cruelle, son absence d'empathie, ce qu'on nomme leadership dans les écoles de commerce.

Fuch est immense pour son âge, sa chair est blafarde, s'il s'appuie sur un grillage, sa peau en garde la trace durant deux jours, même la couleur du ciel déteint sur sa peau. Ce jour-là son poing est de la couleur du sang de mon frère !

— Une pompe de nain, un pif géant, sa bite tu crois qu'elle penche de quel côté ? demande Sullivan.

— Faudrait vérifier.

— À poil, à poil, à poil !

Nicolas m'aperçoit dans la foule, incrédule que je puisse assister à ça sans rien faire, lui qui a toujours cru que j'étais le type le plus courageux sur cette terre.

— Leo, hurle mon frère, Leo, dis-leur que je ne veux pas être à poil. Leo, je ne veux pas, fais quelque chose je t'en supplie.

Je tourne la tête et m'éloigne, les cris de Nicolas sont couverts par la clameur, bientôt le son de la pluie recouvre la foule, je presse le pas, enlevant nerveusement le mince film plastique de l'emballage de mon paquet de cigarettes neuf, je retourne dans le bâtiment des chambres.

Dès que j'ai claqué la porte je gratte l'allumette, j'aspire, la fumée retrouve son chemin dans mes poumons, dans les alvéoles de mes bronches, dans mes veines, me remplit de quelque chose de lointain, je la recrache, elle cherche son chemin dans la petite turne, s'élève vers le ciel.

J'ouvre la fenêtre, je peux entendre au loin comme un chœur de réprobation.

Zombie, zombie, zombie.

12

Le combat se déroule en Amérique dans une arène comble. Mike Tyson affronte un jeune boxeur jamaïcain, c'est une montagne de muscles mais qui a encore un visage de petit garçon.

Le réfectoire est bondé, après le dîner, assis sur des chaises en plastique, nous attendons le combat, nous avons rempli nos gourdes de vodka, de bière. Tyson a perdu son titre en février, la première défaite de sa carrière contre un boxeur de seconde zone à la suite d'un arbitrage discutable. Tyson qui ne peut pour l'instant reconquérir son titre se retrouve face à un compétiteur peu expérimenté qui roule des deltoïdes pour faire oublier qu'il est terrifié, l'agneau du sacrifice pascal, c'est à cela qu'il fait penser tandis qu'il sautille sur place, envoyant des jabs et des uppercuts dans le vide.

Autour d'eux, on ne voit qu'un océan de haine, le même goût du sang depuis l'arène antique, une mer de visages, de bouches déformées, la foule immense de Las Vegas qui réclame son dû de violence, l'Amérique entière, le Vieux Continent au loin hurle dans la nuit, nous gueulons nous aussi encerclés par ces montagnes qui nous séparent de la vibration hurlante du Nouveau Monde, hypnotisés devant le ring, son échafaud, l'estrade sur laquelle on présente les nouveaux esclaves à vendre, et partout autour la cité monde, langages brouillés, dispersés, clameur incompréhensible.

À la sonnerie Tyson avance, il a beau faire une tête de moins que son adversaire, il envoie un direct du gauche, un crochet du droit, le challenger pivote surpris par le rythme, Tyson enchaîne, un nouveau crochet du droit fend sa garde, le frappe à la tempe. Les jambes du jeune boxeur se dérobent sous lui, elles ne le portent plus, il découvre que la loi de la gravité, la force responsable de la chute des corps, c'est le poing droit de Tyson qui troue sa garde et le percute, le sol se dérobe, c'est ce qui arrive quand on est frappé à la tempe ou au foie, on perd l'usage de ses jambes, le cerveau continue mais le corps ne répond plus.

À la douzième seconde du combat, à peine le temps de cligner des yeux et de s'asseoir, il est au sol, allongé sur le tapis bleu du Caesar Palace, comme un insecte sur le dos, observant le plafond qui tourne, ses hiéroglyphes étranges, Dr Pepper, Diet Pepsi, Budweiser.

Tyson court d'un coin du ring à l'autre, rebondit contre les tendeurs, survolté par l'adrénaline, tout le monde est debout !

— Tue-le ! hurle Marwan.

— Il ne va pas se relever ! C'est son match le plus court ! Douze secondes ! Douze secondes, hurle Gillard, tue-le !

— Douze secondes ce serait déjà l'éternité si je devais baiser avec toi, marmonne la tsarine en tirant sur sa clope, personne ne l'écoute.

— Il est mort ! hurle Sullivan, il est mort putain !

Je me tourne et partout autour je vois les visages admiratifs devant la force brute de Tyson. Tous ces garçons, en extase, se tenant littéralement en dehors de leurs petits corps inachevés, se glissant un instant dans cette masse de violence noire. Voilà le rêve des jeunes générations, être une brute capable de tuer à coups de poing, le même rêve depuis la nuit des temps. Et à cet instant j'ai la certitude que l'espèce humaine est presque totalement constituée d'abrutis.

L'adversaire s'accroche aux tendeurs, se relève, les gants en latex blanc de l'arbitre passent comme une ombre devant son visage, il est compté jusqu'à huit.

Il dit quelque chose comme «*I'm OK*», on le lit sur ses lèvres. Il regarde l'arbitre avec un air qu'il voudrait martial, celui que je prends pour aborder les filles, mais tout le monde peut voir un petit garçon perdu qui se retient de pleurer.

L'arbitre recule, cela signifie que le rituel de la violence peut se poursuivre jusqu'au bout. Tyson se jette sur lui aussitôt, encore un crochet du droit, le challenger s'accroche à lui, le prend dans ses bras, comme s'il cherchait à rester avec son père pour sécher sa première journée à la maternelle.

Tyson se dégage, tout le monde hurle. Son adversaire est lent et lourd, il boxe dans le vide, des jabs sans consistance, Tyson passe par en dessous, pivote et son formidable crochet s'envole dans des ellipses rageuses, tombe comme une nuée sur l'autre qui touche le sol à nouveau moins d'une minute après le début du combat. Il est compté jusqu'à neuf cette fois, c'est fini mais il ne le sait pas, comme un poulet à qui l'on vient de couper la tête, son corps se déplace encore mais ce sont surtout des spasmes, des mouvements réflexes de marche, ce qui arrive lorsqu'un nouveau-né vient au monde, un instinct du fond des âges qui pousse à endurer.

Tyson le reprend à la gorge, il veut profiter de la règle des trois knock-down dans un même round pour terminer le combat, il envoie crochet du droit, crochet du gauche, se défendre ne sert plus à rien, tous les coups font mouche, le Jamaïcain perd son souffle, ce n'est pas la fatigue d'une minute de combat, mais la peur qui a brûlé tout son oxygène.

Pour reprendre un peu d'air il s'accroche aux bras de Tyson qui le repousse à nouveau, charge encore. Tyson ne frappe presque plus, il ne fait qu'avancer, nous avançons avec lui, comme si grâce à lui nous nous vengions de toutes les offenses, ses poings qui tombent comme des hachoirs, pour moi c'est sur le visage de Fuch et de Sullivan qu'ils s'abattent.

Tyson n'a même plus besoin de frapper, son challenger recule, se laisse tomber sur le tapis.

Un soigneur bondit sur le ring pour prendre Tyson dans les bras, nous nous prenons dans les bras à notre tour.

Je rentre dans la turne après le match.

Nic est couché sur le dos, une partition ouverte sur le lit, il paraît si léger au milieu des oreillers, de tout ce blanc, il semble prêt à s'envoler.

Il fait aller sa main en rythme, je sais qu'il compte les mesures, qu'il rêve de cadences inconnues, les notes s'envolent dans la nuit au-dessus de son lit, c'est sa manière de prier, un petit saint aux cheveux collés sur l'oreiller, il laisse résonner la symphonie céleste qu'il a dans la tête, des portées se tissent, s'entremêlent, l'aident à creuser un trou dans les murs, le plafond de l'internat.

Je l'appelle mais il ne répond pas.

— Tyson a foutu une branlée à l'autre, en un round, t'aurais dû voir ça, c'était incroyable !

Il continue à faire aller ses mains…

— Tu sais… je ne pouvais pas intervenir tout à l'heure, ils auraient été après toi toute l'année, tu le sais n'est-ce pas ?… Maintenant au moins, tu seras tranquille… J'ai eu papa au téléphone l'autre soir, il m'a promis qu'il nous emmènerait skier à Noël, il a loué un chalet dans le Val d'Aoste, un beau chalet entre les sapins. Est-ce que ça n'est pas une bonne nouvelle ?

Nic ne répond toujours pas, il continue à tisser des portées imaginaires de ses mains, je peux presque entendre le monde qu'il dessine, un monde qui disparaîtra avec lui comme une planète s'éteint.

13

— Est-ce que vous voulez essayer l'hypnose ? me demande madame Legendre, debout derrière moi, la main sur le rideau qu'elle vient de tirer, plongeant la pièce dans la pénombre.

— Je ne préférerais pas.

— Sur votre frère cela donne de bons résultats, peut-être que nous pourrions tenter nous aussi, dit-elle d'une voix qu'elle veut rassurante, faisant éclater des bulles de salive à la commissure des lèvres.

— Mon frère est persuadé qu'il peut entrer en contact avec notre mère, lorsqu'il joue du piano, il pense qu'elle l'écoute, quand il fait de l'hypnose avec vous, il pense qu'elle lui répond, je n'ai pas les mêmes croyances.

— C'est vrai que votre frère a des réactions très fortes à nos séances, c'est un enfant avec un inconscient très présent, très accessible, c'est peut-être aussi votre cas ?

— Je n'ai pas envie que l'on aille remuer des choses dans ma tête, dis-je en me redressant du canapé, elles tiennent à peu près comme ça, j'aurais peur que tout s'effondre !

— Vous ne voulez pas plutôt mettre un peu d'ordre ? Les

choses que l'on met sous le tapis finissent par vous éclater au visage un jour ou l'autre.

— Je prends le risque, dis-je.

D'ailleurs, quelle que soit la proposition de madame Legendre, je me fais une joie de la rejeter, je ne crois pas en la psychanalyse et j'ai l'esprit de contradiction, cela a toujours été ainsi, j'aime être en désaccord, je n'ai pas beaucoup de positions affirmées, je peux croire en n'importe lesquelles pourvu qu'elles s'affûtent contre celles des autres.

— De quoi voulez-vous parler alors, nous sommes ici pour parler de quelque chose. Est-ce que vous voulez me raconter vos derniers rêves ?

— Je ne me souviens jamais de mes rêves.

— Peut-être pouvez-vous me raconter vos journées alors ? Comment s'est passé votre week-end ?

Madame Legendre est une femme d'une cinquantaine d'années, petite, sèche, au sourire compatissant, elle nous reçoit dans son bureau au dernier étage de la bibliothèque. Chaque semaine, je fais semblant de lui confier quelques souvenirs honteux, la laissant tenter des interprétations. Pour arriver à son cabinet nous empruntons le grand escalier à double révolution, elle nous reçoit l'un après l'autre, Nic reste à la porte après sa séance, dehors sur les marches, comme le chien de maman, à attendre.

Monsieur Malvoisin insiste pour que nous la voyions toutes les semaines.

J'ai beau lui répéter que nous n'avons rien à raconter, que nous nous portons bien Nic et moi, il insiste, « compte tenu de votre situation familiale, précise-t-il, au moins jusqu'à évaluation complète de votre frère et de vous-même, j'ai toute confiance en madame Legendre, c'est une thérapeute chevronnée ».

— Il y a eu un problème avec Nic durant les épreuves de bizutage, les autres élèves ont été très durs.

— C'est pour ça qu'il n'est pas venu à la séance ?

— Oui. J'aurais pu intervenir.

— Qu'auriez-vous aimé faire ? C'est précisément la fonction du bizutage, c'est un rite de passage, comme les baptêmes ou le service militaire, quelque chose qui vous rattache à un groupe, peut-être avez-vous été trop isolés… Je reçois sans cesse des demandes de parents qui veulent faire exempter leur enfant du service militaire, mais les rites de passage sont essentiels, s'en abstraire c'est se retrancher de la communauté des hommes.

Un rayon de lumière vient se refléter sur la bibliothèque de madame Legendre, revues de psychanalyse, manuels médicaux de classifications des pathologies, des tragédies grecques, *Œdipe roi*, Machiavel… Il flotte une légère odeur d'oignon dans la pièce, son cabinet qu'elle voudrait stérile et inviolable se trouvant juste au-dessus des bouches d'aération de la cantine.

— Est-ce que vous êtes encore avec moi ? À quoi pensez-vous, dites-moi ce qui vous passe par la tête ? Là tout de suite.

— À l'odeur… de la liberté, enfin je ne pense pas vraiment à quelque chose.

— Alors racontez-moi ce que vous avez fait ce week-end.

— Tout ce qui se dit ici reste secret ?

Elle laisse échapper un sourire qu'elle voudrait bienveillant.
— Bien entendu, vous pouvez tout dire.
— … Il y a eu un incident l'autre jour.

Madame Legendre roule les épaules, faisant disparaître son cou, elle fait aller sa tête très lentement d'avant en arrière, m'invitant à continuer, tâchant de dissimuler le plaisir qui lui traverse fugitivement les yeux à l'évocation d'un secret honteux.

Dehors le tramway passe toutes les deux minutes, les câbles s'accrochent aux wagons.
— Quel genre d'incident ?
— Dans le train.
— Allons, racontez-moi ça, enfin si vous le souhaitez, se reprend-elle, reculant dans son fauteuil, cherchant quelque chose sur son guéridon, sans doute une cigarette qui ne s'y trouve pas.

— J'avais passé la journée au chalet de Stefano, je rentrais seul à l'internat pour retrouver mon frère, il n'y avait personne sur la ligne entre Sion et Vevey à cette heure-là, une vendeuse circulait dans le train avec des sandwiches et du thé chaud. Je me suis sûrement endormi un instant, nous n'avions pas bien dormi la veille, nous nous étions couchés tard, c'était le week-end, vous pouvez imaginer n'est-ce pas ?

Madame Legendre fait aller à nouveau sa tête d'avant en arrière, une veine médiane lui traverse le visage, palpite sur son front, je peux voir qu'elle fait tourner sa petite langue dans sa bouche, explorant le relief de ses dents, y cherchant une trace de son petit déjeuner à nettoyer, c'est ainsi que doivent se nettoyer les mouches, astiquer leurs ailes et leurs pattes avant de plonger à nouveau dans la merde.

— Lorsque je me suis réveillé, il faisait presque nuit, j'avais sans doute manqué notre arrêt. Une jeune fille est rentrée dans le compartiment, elle a demandé en riant si quelqu'un pouvait l'aider avec ses bagages, j'ai répondu que je le pouvais, j'étais seul dans le wagon. Elle m'a remercié, m'a dit son nom toujours en souriant, mais d'un sourire grave, elle parlait comme une petite fille, pourtant son corps était celui d'une femme, des seins lourds de campagnarde, les hanches déjà marquées.

« Je me suis assis en face d'elle. Nous avons entamé une conversation, elle parlait d'une voix douce et très lente, je l'ai trouvée attirante, elle était peut-être d'un an plus jeune que moi, sans doute pas plus de quinze ans, de longs cheveux blonds et des yeux en amande, gris pâle, tirant vers le vert d'eau, des prunelles minuscules, comme des têtes d'épingle, laissant un reste de clarté la traverser. Ses propos étaient décousus, elle ne cessait de rire sans raison comme une enfant attardée, j'ai remarqué que l'expression de son visage était affaissée, j'ai pensé un instant qu'elle devait être ivre ou bien avoir pris quelque chose, mais elle était trop jeune pour cela.

Madame Legendre retient un grognement je ne sais pas s'il est de plaisir ou de désapprobation, m'invitant de la tête à continuer.

— Un homme a traversé le wagon, pour aller s'asseoir dans le suivant.

« Nous avons longé le lac, le train roulait lentement, la nuit n'était pas tout à fait tombée, des bancs de brume s'accrochaient à la surface de l'eau, le soleil était presque tombé dans le lac laiteux, sphère molle, jaunâtre, humide, semblable à un quartier de pêche effondré dans ces desserts à la chantilly.

« "Il n'y a rien de plus beau que ce paysage", lui ai-je dit.

« Elle continuait à fixer ses yeux vers moi, tout en caressant le foulard qu'elle avait noué autour de son cou, un foulard tacheté de petits éperons d'argent, je commençais à y voir une sorte d'invitation, il m'a semblé que l'on ne m'avait jamais regardé avec autant de désir.

« "Ce paysage, il n'est jamais le même n'est-ce pas ? C'est incroyable, chaque fois que je prends ce train, je découvre quelque chose de nouveau."

« "Pour moi il est toujours identique. Pour moi, tous les paysages le sont", a-t-elle dit en riant.

— Je me suis demandé ce qu'elle voulait dire, elle tenait une petite boîte en fer, une lunch-box où se trouvait son repas, collée contre sa poitrine.

« "Je suis aveugle de naissance, je vais à l'institut des non-voyants de Brig, vous connaissez ?"

« Je lui ai dit que non, elle m'a demandé mon nom, je ne sais pas pourquoi j'ai menti et donné un faux nom, "Je m'appelle Vincent", puis je n'ai plus rien dit, elle croisait et décroisait les jambes comme si elle avait besoin d'uriner, faisant remonter sa robe.

« J'ai fait un geste brusque dans sa direction, un coup violent arrêté juste devant son visage, comme si je voulais la frapper, elle n'a pas bougé d'un cil, continuant à me sourire avec douceur, elle n'a même pas senti les vibrations émises par mon geste.

« Elle restait face à moi, fixant un point dans ma direction, deux disques vides braqués sur moi, totalement immobiles, le nerf optique comme sectionné, que pouvait-elle voir ? Un paysage enneigé ? Le bruit de fond d'un écran de télévision, le noir sidéral ?

« De l'autre côté, le long du lac, çà et là, passaient un paysan, un randonneur se pressant de rentrer avant la nuit.

« Je me suis alors accroupi entre ses jambes. Je pouvais apercevoir ses sous-vêtements, la toison sombre ombrant légèrement la culotte en coton blanc.

— Il y a eu un tunnel et nous nous sommes retrouvés tous les deux dans le noir, mes oreilles se sont bouchées et sans bien réfléchir, à la faveur de l'obscurité, je me suis jeté sur elle, je l'ai embrassée, ses lèvres étaient molles, torpides, comme celles des rêveurs. Je l'ai déshabillée à moitié, baissant son chemisier pour embrasser ses tétons, relevant sa jupe en flanelle, elle se laissait faire, paralysée, ne me donnant aucun signe d'encouragement, aucun signe de désapprobation non plus.

« Ce doit être ainsi que les aveugles embrassent, ce doit être ainsi qu'ils font l'amour, ai-je pensé, j'ai songé un instant à ce que serait sa vie sexuelle, dans l'obscurité, à tenter de distinguer les amants selon leur morphologie, la taille de leur sexe ! J'ai arraché sa culotte et je l'ai pénétrée, elle a poussé un cri, j'ai continué, nous sommes sortis du tunnel, il y a eu une autre montagne et un autre tunnel, je continuais à aller et venir en elle, les frottements étaient de plus en plus rêches, elle se contentait de faire aller sa tête d'un côté et de l'autre, nous nous sommes retrouvés dans la nuit à nouveau, j'ai toujours aimé les tunnels, la protection de l'obscurité, la fraîcheur, surtout la promesse de la lumière au bout de la nuit et du ciel immense qui nous attend à la sortie, un ciel immense pour moi seulement.

« Je suis venu en elle et mes oreilles se sont bouchées, l'entrée du tunnel, le plaisir et le cortège de basses pressions qui l'accompagne.

« Je me suis retiré, il y avait des taches rouge sombre sur la banquette du train, comme les contours d'un pays inconnu apparu récemment sur une carte.

« J'ai compris qu'elle était vierge. Pris de remords, j'ai caressé son cou, embrassé ses seins, je pouvais voir ses larmes couler, elle ne parlait pas et sanglotait, des petits gémissements, le bruit que ferait un animal enfermé à jamais dans un réseau de souterrains et de galeries, de minuscules appels à l'aide, accompagnés d'un geste de la main dans le vide pour s'assurer que l'espace devant elle était libre, elle tenta de se lever, mais le train aborda un virage serré qui la fit rasseoir.

« Elle a continué à gémir doucement, repliée sur elle-même, la main en avant, comme si elle voulait se cacher les yeux, la seule pudeur qui lui restait.

« Je suis descendu à l'arrêt suivant, la laissant seule dans le wagon.

« Depuis le quai, à travers la vitre du train qui repartait je pouvais la voir essayant de rassembler ses vêtements.

Madame Legendre regarde sa moquette comme si elle venait de repérer la tache de sang sur le sol de son cabinet, qu'il fallait absolument la nettoyer, la veine médiane de son visage est gonflée de sang, est-ce qu'il existe, dans ses manuels de classification des cinglés, des diagnostics pour des types comme moi ?

J'ai beau chaque semaine lui inventer de toutes pièces des histoires comme celle-ci, plus tordues les unes que les autres, je n'obtiens aucune condamnation, aucun jugement moral, elle garde le silence, comme si la violence aussi devait être acceptée, qu'il fallait toujours normaliser l'anormal.

— Est-ce que le dépucelage n'est pas un rite de passage après tout ? dis-je en riant.

La sonnerie retentit, madame Legendre soupire.

— Bien, nous reparlerons de tout cela la semaine prochaine !

J'ouvre la porte de ce bureau sans air, confiné, je suis en nage, je m'engouffre dans les résonances de l'escalier, je disparais dans le bruit.

14

— Essayez de reprendre mesure trente-deux, deux bémols à la clé, cédez un peu au mouvement, léger mais marqué, pianissimo puis sans retenir.

Alexia m'a rejoint dans la salle de concert, une bouteille d'eau minérale à la main remplie d'un liquide de couleur trouble qui pue la vodka, mon frère finit un menuet de Haendel, celui en *sol* mineur.

Nicolas se tient bien droit, madame Bakovska, sa professeure, est une femme âgée, qui semble difficilement retenir son admiration pour le jeu de mon frère, c'est un regard que j'ai vu chez tous ceux qui l'écoutent jouer.

Elle referme la partition, en ouvre une autre.

Nic se tasse légèrement sur son siège en découvrant les notes, rentre les épaules comme une tortue des marais, il commence à jouer. Je ne sais pas comment il fait pour jouer aussi simplement, sans artifices, sans ornements ni pathos, il n'y a aucun sentimentalisme excessif, pourtant chaque note a l'air d'être une question de vie ou de mort. Sous ses doigts, le Bösendorfer produit un son étouffé, humble, déchirant.

Les arpèges viennent directement de son corps, il balance sa tête comme si notre mère continuait à le bercer, parfois sa tête penche, donne des indications au corps, le sang frappe de son cœur à ses mains pour arriver à cette musique où tout avance, un chaos de lumière et de sensations.

— Mesure quatre-vingt-sept, expressif, main gauche précise, tombé du doigt, sans retarder, diminuant, lui dit sa professeure, oui, comme ça.

Deux hommes et une femme âgés prennent des notes sur les sièges à côté de nous.

— Comment s'appelle ce morceau, c'est la pub des assurances c'est bien ça ? demande la tsarine.

— La *Pavane pour une infante défunte*.

— C'est un truc d'enterrements ?

— C'est surtout pour l'allitération, ce morceau paraît simple mais il est difficile, il y a trois voix simultanées, écoute ces harmonies, on dirait déjà du jazz, parfois de la musique japonaise.

— Ces trois vieux, qu'est-ce qu'ils foutent là ?

— Ce sont des professeurs de Genève, il y a un concours de piano à Verbier à la fin de l'année, ils pensent que mon frère pourrait le gagner. Écoute, le piège c'est la lenteur, chaque pianiste pense que c'est un gage d'intégrité ou d'émotion mais ce morceau est fait pour être rythmé.

— Il faut que je prenne l'air, tu viens ?

Le soleil filtre sous la porte coupe-feu, Alexia fait du bruit, renverse un siège, les trois examinateurs nous dévisagent.

Nic commence un nocturne de Chopin, le numéro trois en *sol* mineur.

— Ça, qu'est-ce que c'est ? demande Alexia avant de sortir de la salle.

— C'est Chopin, le compositeur préféré de notre mère, papa disait toujours qu'aimer Chopin c'était comme s'agenouiller pour prier devant une croix, quelque chose de trop doloriste pour les juifs, lui n'aime que Bach.

Sur le parking, le soleil éblouissant nous force à nous protéger les yeux.

Alexia est pâle, les lèvres bleues, les cheveux gras, des boutons d'acné apparaissent sur son front. Elle boit une gorgée de vodka.

— Il ne joue même pas de Mozart ? C'est tout de même le plus grand, non ?

— Mozart c'était un nain, pour moi c'est de la guimauve, une sorte d'Elton John autrichien ! Moi aussi mon préféré c'est Chopin !

— Ouais ! Chopin c'est fun, dit la tsarine.

— Chopin avait peur d'être enterré vivant ! À sa mort son corps a été mis au Père-Lachaise mais son cœur a été enlevé et conservé dans un flacon de cognac dans la maison familiale en Pologne, puis dans la nef d'une église à Varsovie, parce qu'il voulait que son cœur revienne dans son pays natal.

— À quoi bon ? Le cœur n'est qu'un viscère, dit-elle en avalant une gorgée de vodka, un muscle comme un autre.

— Peut-être mais lorsqu'on est amoureux, c'est le cœur qui bat plus vite, dis-je posant sa main sur ma poitrine.

— Voilà bien un discours de puceau ! Le cœur se contente de pomper ton sang, parce que pour faire bander cette queue, dit-elle en descendant sa main sur mon sexe, il te faut du sang, sinon ce n'est qu'un petit bout de peau flasque, un tuyau d'arrosage ridicule, la seule vérité est celle du sexe, rien à voir avec le cœur ou les sentiments, il n'y a que le plaisir de la baise qui ne trahisse pas. Le cœur a toujours été pris en otage par les cons, voilà tout, avoir bon cœur vous évite d'être intelligent.

Nicolas sort par la porte de service, s'approche de nous.

— C'était pas mal Rain Man, tu vas l'avoir ta médaille... C'était très beau en fait.

Mon frère sourit, gêné, il est toujours mal à l'aise avec les compliments, comme s'il n'y était pour rien, qu'il jouait du piano aussi simplement qu'une limace bave, parce que c'est dans sa nature.

— Je lui ai raconté l'histoire du cœur de Chopin.

— On dirait un peu une histoire de zombies, dit mon frère d'un air de reproche, moi si je devais mourir, je voudrais aussi que tu m'arraches le cœur et que tu le ramènes à la maison.

— Quelle maison ?

Mon frère marque un temps d'arrêt, regarde ses doigts comme s'il devait effectuer un arpège particulièrement acrobatique et déclare d'une voix hésitante :

— La maison où nous habiterons quand papa reviendra...

15

Les vacances de la Toussaint commencent, les marronniers de la cour du rocher semblent atteints d'une maladie, c'est même la région tout entière qui est frappée par une oxydation généralisée, les arbres se décharnent, s'assèchent, les feuilles deviennent vert-de-gris, rouillent, comme si un rêve de mort s'abattait sur tout le pays.

J'ai toujours aimé l'automne, la saison de ma naissance.

Nous sortons de l'institut un peu après les autres, j'ai traîné à faire mon paquetage, Nicolas trépignait à mes côtés.

— Dépêche-toi ! Bonne-maman doit attendre à la grille, tu sais qu'elle est toujours en avance.

— Ça vient, ça vient !

— Grouille-toi, insiste-t-il, avec ses varices elle ne peut pas rester trop longtemps debout, ne la faisons pas attendre.

Je regarde mon frère avec agacement, le simple fait de l'entendre évoquer les poteaux variqueux de notre grand-mère me met en rage.

Je tente encore quelques procédures dilatoires, je vais

pisser, je me brosse les dents longuement, insistant jusqu'à saigner des gencives.

La radio de Nic diffuse un flash d'information en fond sonore, à moitié couvert par le bruit de l'eau qui coule, il me semble avoir entendu quelque chose à propos d'un tir de satellite reporté, peut-être une annulation météo. Je me précipite pour monter le son mais le présentateur est déjà passé à autre chose. La commémoration du soulèvement de 1956, la Hongrie…

— Qu'est-ce qu'ils ont dit ?

— Qui ça ?

— À la radio, sur Ariane ?

— Je ne sais pas, je n'écoutais pas, dit-il en rangeant sa trousse de toilette Superman dans son sac.

— Éteins-moi ça alors, à quoi sert ce bruit de fond permanent si tu n'écoutes même pas ?

Nic baisse le son, garde l'oreille collée à son minuscule transistor.

— Ne lui raconte pas l'histoire du bizutage ! C'est mieux, la pauvre est persuadée que nous sommes dans la pension la plus civilisée du monde !

Je claque la porte, j'emprunte l'escalier en traînant les pieds.

J'ai un instant l'espoir que papa soit revenu par surprise, qu'il ait pris le vol du soir, qu'il nous attende devant la grille, des sacs pleins de gadgets électroniques ramassés dans les aéroports. Ce ne serait pas si absurde, on a déjà connu des surprises plus étonnantes.

Nicolas me précède, il dévale les marches du bâtiment quatre à quatre.

Je guette les bruits dans la cour de l'internat.

Tous les élèves sont déjà partis en week-end dans leur famille. Il y a une demi-heure, j'ai aperçu, par la fenêtre, la limousine du beau-père de Stefano sortir du parc.

Je passe la grille de l'internat.

Sur le trottoir d'en face, accoudée à un lampadaire, se tient notre grand-mère.

Avec ce soleil et la ligne d'ombre qui cisaille parfaitement la rue en deux, elle ne doit sans doute pas encore nous voir. Elle met sa main en visière pour ne pas être éblouie, son bras tremble. Elle s'est postée pile en face de la grille pour être certaine de ne pas nous manquer et j'enrage de savoir que tous les élèves ont dû la remarquer en sortant tout à l'heure, qu'ils ne manqueront pas de se demander qui était cette drôle de vieille dame encombrée de sacs plastiques ?

Coté vestimentaire, aucune surprise. Elle a mis ce ridicule canotier à fleurs, un chapeau censé la faire ressembler à une authentique Parisienne, elle porte encore et toujours son vieux châle de matriochka, le clou de sa collection, on la croirait sortie d'une loge de concierge ukrainienne des années cinquante !

Tout en elle respire la pauvreté, la désuétude, personnage inadapté et loqueteux, ma juive errante, chiffonnière éternelle, à qui il ne manque que la hotte et le crochet.

« Rien ne se perd, rien ne se crée, tout se transforme, mes chéris. »

C'est ce qu'elle nous a répété toute notre enfance, rapiéçant des pulls et des pantalons que notre mère avait portés une génération avant nous.

« Je ne jette rien, aimait-elle dire, ça peut encore tenir dix ans, nous ne sommes pas américains ! Là-bas tout jetable, même les gens ! »

Elle a dû rester longtemps au soleil, son maquillage coule sous les yeux, soulignant ses rides de traînées noires.

En nous apercevant, elle fait un timide geste de la main dans notre direction. Nic laisse échapper un cri, un son de joie venu tout droit de l'enfance, il traverse sans regarder, se jette dans ses bras, il ferme les yeux, se blottit dans sa vieille robe de bure. Ma grand-mère referme son châle noir et or sur lui, on croirait voir se refermer les ailes d'un papillon de nuit, une étreinte qui dure et je m'inquiète du bruit d'un moteur qui remonte la rue à bas régime.

Une berline BMW aux vitres teintées s'arrête devant la grille, Paul-Clément en sort et me dévisage, son père est un des hommes les plus riches du monde, son grand-père l'était lui aussi, son arrière-grand-père également, j'imagine parfois que ce sont eux qui ont découpé le monde en nations, en duchés, en parcelles cadastrales, laissant aux autres des miettes sous la table. Je me tourne vers lui, les mains dans les poches, ignorant ma grand-mère.

— J'ai oublié mes raquettes de tennis, dit-il en souriant, on va taper la balle ce week-end, tu joues un peu non ?

— Un peu, dis-je, faisant des gestes ridicules dans le vide, un simulacre de service, un vague revers à deux mains, dans l'espoir que cette agitation fasse diversion.

— Passe au country-club ! Tu dis que tu viens de ma part, dit-il d'un ton amusé en se tournant vers babouchka.

Il a tout vu, semble-t-il, des retrouvailles de Nic et de notre grand-mère.

— Tu peux leur proposer de t'accompagner si tu veux. Dis-moi, ta mère, elle vous a eus super tard non ? demande-t-il un méchant sourire aux lèvres.

— Ce n'est pas notre mère, dis-je les lèvres serrées, le souffle coupé. C'est…

— Enfin, si tu veux venir jouer tu me siffles, salut ! dit-il, disparaissant derrière la haute grille du Rocher sans me laisser le temps de répondre.

Je traverse lentement la rue et me tiens devant ma grand-mère, elle s'approche de moi, ouvre grand son aile, me tendant son bras resté libre, je pose mon sac et m'approche, elle m'agrippe aussitôt le cou avec une énergie inattendue pour me déposer un de ces baisers humides dont elle est coutumière, je me dégage rapidement.

— Tu me serres, dis-je agacé, qu'as-tu besoin de me serrer si fortement, je ne vais pas m'envoler, viens on y va !

— On va où ? répond ma grand-mère. Tu ne devais pas montrer chambre ? Comment vous installés ? Chambres sûrement magnifiques !

— Oui, oui, on fera ça plus tard, allons dîner, j'ai une faim de loup. Tu es à quel hôtel ?

— Ah mais c'est… Je ne suis pas hôtel, plus de place, répond ma grand-mère gênée, j'ai trouvé mieux, beaucoup plus ravissante pension près gare, petit déjeuner excellent et le monsieur joue guitare, tu vas voir.

— Soit, c'est formidable alors, allons-y vite, j'ai besoin de me reposer.

— Oui, bien sûr, tu dois beaucoup travailler partiels, je comprends fatigue moi aussi.

D'ordinaire j'aurais accueilli par le mépris cette histoire de pension avec tenancier jouant la sérénade, la raillant de n'avoir même pas de quoi nous offrir une chambre d'hôtel décente, cette fois je ne dis rien, trop heureux qu'elle ne soit pas descendue au Beau-Rivage ou au Métropole, là où les autres parents d'élèves venus pour le week-end portes ouvertes ne manqueront pas de se croiser, se saluant, faisant connaissance dans les salons de thé ou les bars autour d'un verre.

Bonne-maman reste là, gauchement, les bras ballants.

— Eh bien allons-y alors ! Qu'attends-tu ?

— On attend bus, chéri, que veux-tu que je fasse ? Je ne suis pas conducteur bus !

— Eh bien je ne sais pas, prendre un taxi par exemple, est-ce que c'est vraiment compliqué ? Pour une fois que nous sommes ensemble, tu peux bien nous payer un taxi, dis-je levant le bras pour arrêter un taxi vide.

— Tu sais, j'essaie faire attention, il n'y a pas beaucoup argent en ce moment.

— En ce moment ? Parce que tu as des projets d'avenir ? Tu comptes sur des rentrées ces prochaines années ? dis-je avec une détestable ironie.

Aussitôt je m'en veux, pensant à toutes ces économies faites pour nous, au futur qui l'attend, cet horizon de planches clouées.

— C'est pour moi alors ! Allons-y puisque ce sont nos retrouvailles ! D'ailleurs c'est moi qui décide du restaurant où nous dînons ce soir, je vous invite, dis-je énumérant dans mon esprit les endroits les plus modestes où nous serions le moins à même de croiser d'autres parents.

Je me mets sur la pointe des pieds et fais signe vers la rue. J'ai beau lever le bras, et bomber la poitrine, les taxis vides ne s'arrêtent pas, j'en attribue aussitôt la faute à ma grand-mère, son accoutrement de romanichelle, ses sacs de voyage en plastique.

— Pourquoi ne s'arrêtent-ils pas ? Qu'as-tu dans tes sacs ?
— Rien, j'ai fait très bonnes courses pour vous, dit-elle.
— Quoi ? dis-je, m'apprêtant à protester.
— *Pickle fleish*, saucisse chasseur, malossols.
— Quoi d'autre ? dis-je incrédule.
— Langue de bœuf ! Très bon pour croissance ! dit-elle en baissant les yeux.
— De la langue de bœuf ! Mais tu es immonde ! dis-je outré, pensant au goût gélatineux de la langue tartinée sur du beurre qu'elle nous a forcés à manger toute notre enfance, à emporter dans nos lunch-boxes en nous faisant croire que c'était de la dinde, qui nous attirait les quolibets des enfants qui déjeunaient de sandwiches au concombre et au beurre de cacahuète.
Ma grand-mère me regarde, stupéfaite d'être injuriée ainsi.
— Ne parle pas comme ça, frère ! interrompt Nic.
— Tu crois que l'on va ramener de la langue de bœuf dans l'internat ? Comment veux-tu qu'on la conserve ? Sous notre oreiller ? On peut être viré pour moins que ça ! dis-je en riant.

Un bus finit par s'arrêter.

Il est bondé et nous ne trouvons pas où nous asseoir, il y a une jeune fille assise sur une banquette.

Ma grand-mère se tient à une courroie pendue au plafond, elle est ballottée comme un sac de riz à chaque virage que prend le bus dans les ruelles étroites de la vieille ville, elle percute les autres passagers, manque de tomber sur la jeune fille.

J'ai un instant envie de la prendre dans mes bras, ma petite fiancée du shabbat, de lui dire que je l'aime, que je suis désolé pour toute cette froideur, cette colère qui grandit en moi, que ça n'a rien à voir avec elle, que je n'ai plus le mode d'emploi avec mes semblables, que la seule personne que je déteste vraiment c'est moi-même.

— Excuse-moi, dit-elle à la jeune fille, pourriez-vous laisser place, j'ai beaucoup besoin de m'asseoir.

La jeune fille se lève aussitôt, ma grand-mère prend sa place.

— C'est mes petits-fils ! Ils sont beaux n'est-ce pas ?

Je ne dis rien, je me contente de rougir, la jeune fille aussi, la fugitive tendresse que j'ai eue envers ma grand-mère a disparu, la haine a repris sa place.

La jeune fille est collée à moi à présent.

Elle n'est pas jolie, elle a un double menton, je peux imaginer le visage qu'elle aura plus tard, un cou épais, la peau grasse, mais je suis certain qu'il doit y avoir une partie du corps de cette fille que je pourrais aimer passionnément.

Nous nous tenons tous les deux à la même dragonne, cette

fois c'est l'un vers l'autre que le bus nous projette à chaque virage, ce qui nous fait sourire. Elle porte une robe chocolat, je peux voir le duvet d'une de ses aisselles sous la manche de sa robe lorsqu'elle lève le bras pour s'agripper à cette lanière de cuir. Je ne peux cesser de regarder ce triangle, comme un coin de tableau qui frapperait l'œil, contiendrait le mystère de toute une œuvre, l'éclairerait.

Ce petit bout d'aisselle, je donnerais tout pour lui à cet instant, il me semble qu'il contient en intégralité le mystère du désir, ses incompréhensibles lois.

Ma grand-mère ramasse au sol un journal gratuit et commence à s'éventer avec, je détourne les yeux, je sens son regard fixé sur moi et mon frère, elle ne regarderait pas avec plus d'admiration la mer Rouge s'ouvrir pour laisser passer les Hébreux, engloutir les armées ennemies.

Bonne-maman a déjà investi la chambre de la pension de famille, on dirait qu'elle habite là depuis dix ans, une annexe du ghetto. Sa valise est éventrée, de son vieux poste à piles Radiola s'écoule un bruit de fond.

Deux petites bougies sont posées sur un guéridon ainsi que son vieux *siddur* du rite ashkénaze rhénan « pour un cœur israélite », un livre de prières écorné de partout avec la photo de maman en page de garde, une photo d'elle au volant d'une voiture, quelle ironie ! J'ouvre le livre, je n'ai jamais appris à lire l'hébreu, je tourne les pages, je ne vois que des blocs impénétrables, des formes, des prières vieilles de trois mille ans dans une langue disparue, pourquoi perpétuer le folklore de ce peuple antique et pourchassé par tous ? Des traditions qui n'auraient pas dû survivre à cette poignée de bergers perdus dans un désert lointain. Je feuillette les pages du livre, de droite à gauche, au milieu de l'une d'elles je trouve quelques phrases griffonnées de l'écriture de maman, reconnaissable entre mille, une écriture désordonnée qui refuse l'emprisonnement des lignes et des espaces, va dans un sens, bifurque, recule, aussi mystérieuse et indéchiffrable que les caractères de l'hébreu biblique, peut-être que les mots de maman sont sacrés eux aussi, peut-être ont-ils un pouvoir de guérison, « ne t'en fais pas, me disait-elle, tu prends les choses trop à cœur, ne laisse pas la nostalgie t'emporter, c'est un poison que je connais trop bien ! ». L'espace d'un instant il me semble que je vais pouvoir lui parler, puis je me souviens, nous ne devons plus nous revoir sur cette terre !

— À la troisième étoile nous ferons kiddouch, interrompt babouchka, puis nous irons restaurant que tu choisis.

Je repose le livre, pourquoi continuer à respecter des coutumes qui n'ont plus de sens, ne laissant à l'intérieur de chacun d'entre nous qu'un espace obsédant et hanté ?

— Moi je ne fais rien, je ne crois pas en tout ça, dis-je en m'allongeant sur le lit.

— S'il te plaît frère, faisons le kiddouch, s'il te plaît, fais-le pour moi.

— Non merci, dis-je, faites ce qui vous chante, je vais fumer une clope dehors. Rejoignez-moi quand vous aurez fini votre… truc.

Sur le parking, je m'allume une Merit en me protégeant avec mon blouson, le vent souffle en bourrasque et me pique ma clope, en consume l'essentiel.

Saloperie ! Tous contre moi !

Maman nous emmenait souvent faire les courses le vendredi, je me souviens d'un restaurant où nous achetions le raifort, les *pirochkis* et les *halloth* tressées du vendredi soir, attendant comme le faisaient nos ancêtres depuis des millénaires la venue du shabbat, de la lumière joyeuse qui se répandrait dans nos cœurs.

Des vieux garçons en tablier blanc faisaient le service, nous nous amusions Nic et moi à essayer de repérer lesquels portaient des matricules aux poignets, leurs tatouages que nous regardions avec des frissons, comme si ces matricules faisaient de notre lignée des héros, que le monde aurait désormais et à jamais une dette envers nous.

En face du parking, il y a une vieille église catholique.

Un petit bâtiment austère en brique. Une pluie fine se met à tomber.

Je jette ma cigarette consumée au sol, l'écrase avec irritation et je vais m'abriter sous la nef minuscule de cette petite église qui sent l'encaustique.

Elle est déserte à l'exception d'une jeune femme noire, fine, élancée comme le sont les Éthiopiennes, elle se tient à genoux devant l'autel, les mains sur le cœur, la bouche et le front posés sur la dalle froide.

Depuis le bras du transept je peux regarder cette femme courbée, faisant rouler un chapelet entre ses doigts, qu'a-t-elle à demander à Dieu avec une telle ferveur, une telle humilité ? C'est ainsi qu'une mère doit prier pour la guérison d'un enfant.

Une musique d'harmonium monte depuis la nef, l'organiste accroche des notes au hasard, ses doigts glissent, s'arrêtent, reprennent, une musique pompeuse et grotesque à la fois, enlevant toute la solennité du moment, abîmant la prière de cette femme, ruinant ses plus secrètes espérances.

C'était déjà ainsi pour l'enterrement de maman, le rabbin était un homme minuscule, un nabot à papillotes débitant un discours scolaire et convenu, parlant de notre mère comme d'une femme utile, de sa capacité à se faire un réseau d'amis, à mener à bien son projet professionnel, de la cohésion de sa famille, on aurait cru qu'il vantait les qualités d'une vendeuse pour faciliter son embauche dans une nouvelle firme très prisée, la multinationale du Ciel ne m'était pourtant jamais apparue bien sélective à l'entrée !

Que savait-il de notre mère ? De la douceur de ses caresses, de la beauté des berceuses qu'elle nous murmurait tous les soirs ?

J'étais debout à côté de bonne-maman qui avait du mal à tenir sur ses jambes, je venais de sortir de l'hôpital, les paroles du rabbin bourdonnaient comme un essaim d'abeilles à mon oreille encore bandée.

— Est-ce que tu crois je donne cinq cents francs en plus au rabbin ? Lui très bien, il m'a dit je pouvais donner ce que je voulais, cinq cents francs c'est bien ?

— Oui, oui, ça fera l'affaire !

— Tu crois que c'est assez ? repétait ma grand-mère en dodelinant de la tête. Non ce n'est pas assez, écoute comme il chante bien ! répétait-elle tandis que le rabbin récitait le kaddish. Les consonnes heurtées de l'araméen me firent ce jour-là l'effet d'une invocation de puissances occultes, d'une formule théâtrale permettant aux sorcières de sortir pour leur sarabande et pourquoi pas à ma mère de ressusciter. Peut-être un jour ! Il paraît qu'avec tous les conservateurs qu'ils mettent dans les plats surgelés, les corps ne parviennent plus à se décomposer, maman a mangé tant de moussaka congelée qu'elle doit être encore en assez bon état.

L'organiste s'est semble-t-il allongé de tout son long sur son clavier, les notes résonnent en même temps dans une cacophonie étourdissante, la harpe désaccordée du roi David.

La jeune femme africaine quitte l'église par la nef centrale, les mains devant elle, comme une somnambule, me frôle sans m'apercevoir.

Un escalier mène à une crypte, je l'emprunte, il y a un petit cercueil vide, assez grand pour une jeune femme ou un enfant, un bedeau se tient dans le coin de la pièce, il se lève en m'apercevant, fait un pas dans ma direction comme pour me barrer la route, je remonte l'escalier et sors de l'église en courant.

Sur le parvis, bonne-maman et Nic m'attendent tous les deux.

— Tu étais où ? me demande Nic.

— À l'église, dis-je crânement.

— À quoi bon aller dans églises ? me dit ma grand-mère. Notre Torah est parfaite, nous n'avons pas besoin prier le dieu des autres.

— Et après qu'est-ce que ça peut te foutre, je pourrais aussi bien devenir bouddhiste, c'est bien plus intéressant le bouddhisme, c'est une philosophie ! Ce n'est pas comme les juifs et leur messie à venir, au moins ils savent profiter du moment présent.

— Le présent n'existe pas, le temps d'y penser c'est du passé. Si tu cherches foi, elle est en toi, dans les chants de ton peuple, pas besoin bouddhisme ou icônes, tout est déjà en toi.

— Eh bien non, je ne crois pas, il n'y a rien en moi, rien, l'Alaska c'est ce qu'il y a en moi, l'Antarctique ! Ça commence ici, dis-je en montrant mon cœur, seul le dieu des Esquimaux pourrait peut-être bien quelque chose pour moi, et encore, il ne peut déjà rien pour eux, le dieu qui gagne toujours à la fin c'est celui qui est sur les billets de banque, c'est le seul qu'il faille craindre et puis merde allons manger, je crève de faim.

— L'icône des billets de banque ne peut rien pour âme, dit ma grand-mère en me souriant benoîtement.

— Oh et merde avec ton âme, je ne crois pas qu'une chose comme l'âme existe, en tout cas moi je n'en ai pas ! Non, c'est une invention pour faire patienter les pauvres, les convaincre de rester à leur place, leur dire ce qu'ils doivent penser, avec qui ils doivent baiser, les opprimer dans ce monde et celui à venir.

Ma grand-mère baisse les yeux.

— Je vais bientôt retrouver ma fille, ça je sais, des rêves de mort rôdent partout autour de mes nuits.

Elle serre son sac à main contre son manteau en fourrure, replie ses doigts couverts de bagues, comme si elle faisait l'inventaire de ses possessions terrestres à emmener dans le monde qui vient.

— Après dîner nous irons hôtel Métropole, je vous offre un verre, Nic pourra jouer piano pour tout le monde et tous ils verront la présence divine existe, la fiancée du shabbat.

— Oui c'est ça, le doigt de Nic est celui de Dieu, et mon doigt à moi je me le fous où ? Allons, si on marche bien nous pouvons y aller à pied.

J'ai choisi une cafétéria poisseuse proche de la gare.

Une pluie fine continue à tomber sur les vieilles ruelles, leur donnant l'allure d'un coupe-gorge. À chaque croisement il me semble que quelqu'un pourrait surgir et nous demander du feu, que l'on verrait une lame briller, je ne sais pas pourquoi, il me semble qu'on nous guette. Après tout, peut-être que ce sont nos âmes qui nous accompagnent, marchant à nos côtés, des ombres inquiètes.

Nic serre la main de notre grand-mère.

— Tu vas peut-être bientôt pouvoir retourner à Odessa ? Tu iras voir la maison où tu as grandi, tu nous emmèneras ?

— Il n'y a plus rien déjà pour moi là-bas… Être vieux c'est déjà exil, pire que celui des Russes.

Le restaurant est une toute petite cantine libanaise.

Des chaises en plastique. Quatre tables dans une arrière-cuisine.

Ma grand-mère marque un temps d'arrêt, comme si elle devait passer la frontière d'un pays en guerre.

— Ce n'est pas un camp de réfugiés palestiniens, c'est un restaurant libanais, ne me dis pas que ça te dérange de manger dans un restaurant arabe ?

— J'espère juste que hygiène correcte, dit-elle, prenant un air digne, et puis nourriture pas trop épicée, précise-t-elle serrant à nouveau son sac à main contre elle.

— Pourquoi veux-tu que l'hygiène ne soit pas correcte ? Parce que les Arabes sont plus sales que les juifs ?

Je cherche l'esclandre, j'aimerais qu'elle soit contrainte à une de ses habituelles saillies racistes, que sa main se mette à trembloter, se promenant sur son ventre comme les pattes d'un araignon qui se noie, tandis que sa bouche proférerait des mots tordus de colère, comme elle l'a souvent fait dans notre enfance, lorsqu'elle semblait ne plus s'appartenir, que quelqu'un parlait à travers elle, empruntait sa voix, ses yeux et même son corps, sans que je puisse jamais savoir si c'étaient là des colères enfantines dans un corps d'adulte ou de véritables instants de possession. « Je déteste nourriture arabe, est-ce qu'on pourrait pas manger chez civilisés », ses propos sur les Arabes, les Noirs, mots racistes, ignobles, sur l'animalité, la paresse supposée, cette haine qu'elle a essayé d'introduire dans nos cœurs. J'ai beau lutter tous les jours, lorsque dans la rue, ou une file d'attente, il y a avant moi un Noir ou un Arabe, l'espace d'un instant, d'un millième de seconde, les réflexions horribles de bonne-maman viennent me déformer l'esprit, « il pourrait laisser passer celui-là, il a déjà chance d'être chez nous », comme si nous étions quelque part chez nous, j'ai beau haïr ces pensées, elles sont installées au fond de moi, vissées dans mes entrailles, elles ont sali, endommagé mon âme à jamais, une voix intérieure qui me percute avec les intonations tremblantes de ma grand-mère, puis aussitôt, traversé par la culpabilité, je me force à voir dans le visage, le corps de l'autre, du colonisé, du métis, du Noir, l'expression de l'innocence, de la beauté pure, peaux noires brillantes comme le satin, formes longilignes, articulations fines, musculatures guerrières, corps érotiques, libérés du poids du péché judéo-chrétien, désir pur, à jamais souillé par les pensées de ma grand-mère, son ancien ordre moral, dont je hais chaque intonation autant que je me hais moi-même.

Cette fois ma grand-mère ne dit rien, peut-être a-t-elle changé, peut-être ne laisse-t-elle plus cette colère venir à sa bouche, ou bien, prudente, se sentant en territoire ennemi, elle évite de se laisser prendre au piège et se contente de regarder ses souliers où brillent des gouttes de pluie.

Nous nous asseyons.

Un téléviseur diffuse des clips, une table de jeunes en jogging est en train de finir de dîner.

Je prends trois shawarmas au poulet remplis de frites et de navets saumurés et les dépose sur la table. Ma grand-mère se lève pour aller chercher des serviettes en papier, en dépose devant nous.

Elle commence à déballer son sandwich.

— C'est vraiment délicieux, dit-elle à la première bouchée. Je n'avais jamais mangé sandwich de Liban, en fait j'aime ça beaucoup !

Je lève les yeux vers elle, un petit rectangle rose, sans doute un morceau de navet, est déjà collé au coin de ses lèvres, je ne sais pas pourquoi sa bouche retient toujours toutes sortes d'aliments comme si elle était faite d'une matière adhésive, que ses lèvres étaient des velcros.

Je lui fais un signe, montrant ma bouche, un signe qu'elle fait semblant de ne pas comprendre.

— Tu as encore un truc collé sur le coin de la bouche, dis-je agacé, comment fais-tu ça ? C'est une sorte de pouvoir que tu as ?

— Laisse-moi tranquille, dit-elle en enfournant une autre bouchée, c'est vraiment délicieux comme restaurant, chéri ! Je n'avais jamais encore mangé sandwiches libanais tu te rends compte, à mon âge, le Liban, quel beau pays ce doit être, grande idée mettre frites dedans, dit-elle la bouche pleine, et surtout quelle joie manger avec vous, si grands, si beaux !

Il y a quelque chose d'agaçant à regarder les mastications des vieilles personnes, comme si cela trahissait encore une forme de sensualité, pénible à imaginer.

Je détourne le regard vers l'écran.

Des rockers peroxydés et maquillés sortent d'une limousine, ils portent des shorts de cycliste, des chaussures de montagne et des perfectos ! Est-ce qu'ils paient des stylistes pour en arriver à ce déguisement ? Est-ce le fruit d'une réflexion marketing ? De réunions de travail avec des designers, des directeurs artistiques ? Ou le simple désordre mental du chanteur bourré de coke qui semble être leur leader ?

Le groupe monte sur une scène géante, des dizaines de milliers d'Américains en tenue de cycliste se prosternent devant eux, beaucoup ont semble-t-il adopté l'accoutrement de leur leader pour en faire une tenue rituelle. Certains se mettent à hurler comme des enfants, d'autres s'évanouissent à leur arrivée.

Tandis que le batteur qui ressemble à une grosse dame fait des roulements de tambour, le chanteur court de droite à gauche sur la scène, tourne sur lui-même et jette des coups de pied dans le vide comme le font les enfants lorsqu'ils sont seuls, poursuivant des ennemis imaginaires.

Il s'arrête, brandissant son pied de micro au-dessus de sa tête, regarde la foule, d'un œil qu'il voudrait messianique, bouche ouverte, haletant, ces dix secondes d'effort ayant manifestement déjà bien entamé sa résistance physique.

Peut-être se demande-t-il à cet instant pourquoi ces millions de gens sont en adoration devant lui ? Ou peut-être pense-t-il qu'il est Cortés en personne, que son regard bénit les foules, qu'il est le messager des dieux, l'aboutissement du rêve américain et qu'il a besoin d'urgence d'une ligne de coke ! À quoi bon aimer des dieux étrangers, se prosterner devant les divinités des autres ? Les mots de ma grand-mère résonnent étrangement.

Je laisse se promener mon regard sur le parking.

Quelques voitures aux formes carrées et aux noms hispanisants, Fiesta, Fuego, attendent devant une publicité pour Ovomaltine où une ravissante jeune femme à la peau mate et aux cheveux bruns retenus par un serre-tête prend son petit déjeuner en compagnie de sa famille, un sourire étincelant au coin des lèvres, j'imagine un instant de quoi elle aurait l'air avec une queue dans la bouche puis je pense à nouveau à toutes ces réunions marketing pour choisir les noms des voitures de demain, au casting de la famille de la publicité Ovomaltine, tous ces postes inutiles que nous occuperons bientôt mes camarades et moi et je sens une boule d'angoisse se serrer dans ma gorge.

Une Maserati se gare, Marwan, Alice et Lily en sortent, Marwan s'arrête pour pisser contre le mur, au temps que cela prend, je peux imaginer qu'ils ont bu de la bière, je peux voir l'effet à leur démarche un peu bonasse, leurs sourires défaits en traversant le parking.

Je m'aperçois avec angoisse qu'il reste une table libre à côté de la nôtre.

Je me lève dans la précipitation.

Ma grand-mère n'a même pas mangé la moitié de son sandwich, elle et Nic sont hypnotisés par l'écran, ils regardent les Guns N' Roses s'agiter dans un stade, aucun des deux ne comprend quoi que ce soit à ce spectacle mais ils semblent désorientés, ma grand-mère particulièrement, qui s'est débrouillée pour faire arriver des miettes de navet jusque sur ses sourcils.

— On y va, nous n'allons pas croupir ici !

— On vient à peine arriver, dit ma grand-mère la bouche pleine.

— C'est pas grave, nous mangerons en route, je voudrais bien aller me promener, j'en ai assez de cette musique de merde, pas vous ?

— Mais il pleut, dit Nic, on ne va pas se promener sous la pluie ?

— Il bruine à peine, ça nous fera du bien, dis-je en prenant le manteau de ma grand-mère pour le lui mettre à la manière des hôtesses d'accueil des bons restaurants.

Ma grand-mère finit par se lever, renversant au sol des frites de son sandwich qu'elle se met en tête de ramasser.

— Cesse donc, tu n'es pas une employée du restaurant, dis-je.

Marwan, Alice et Lily passent la porte à présent, je me cache comme je peux, levant le manteau de ma grand-mère devant moi comme un paravent, je n'imaginais pas à quel point il était lourd, son vieux manteau en fourrure trempé de la pluie tombée tandis que nous marchions tout à l'heure, trempé depuis toujours, qui ne séchera jamais.

Marwan et Alice se dirigent vers le comptoir du snack, ils sont ivres, sans doute ont-ils pris autre chose, ils commandent des kebabs et des frites pour éponger l'alcool et la drogue. « Sauce samouraï, demande Marwan, tu veux de ma sauce samouraï ? » gueule-t-il, lubrique, pour amuser Alice qui glousse à ses côtés.

Lily, restée en retrait, balaie la petite salle du regard, son œil triste s'arrête sur les Guns N' Roses puis sur mon frère et ma grand-mère accroupie, ramassant des frites sur le carrelage crasseux, sous la lumière glauque des néons du snack.

Le visage de Lily a pris une teinte verte lui aussi, son nez paraît plus grand encore, et ses yeux me semblent immenses, est-il possible qu'elle les ait fait agrandir ?

Lily m'aperçoit dissimulé derrière la vieille pelisse de ma grand-mère et laisse échapper un petit sourire, qui semble dire « vois, nous sommes pareils tous les deux, ton déguisement de fourrure est plus rustique que le mien mais nous essayons de nous cacher, chacun comme il peut ».

Je pousse ma grand-mère et Nic dehors avant qu'elle ait eu le temps de nous adresser la parole.

— Il ne pleut même pas, dis-je à bonne-maman en levant les mains vers le ciel, il bruine juste un peu, cette marche va nous faire du bien.

Bonne-maman avance péniblement, avec sa fourrure trempée.

Depuis le parking je jette un dernier regard vers le

comptoir, Marwan, Lily et Alice sont en train de rire, je sais qu'ils rient de nous.

— Tu ne veux pas aller au Beau-Rivage pour dernier verre chéri ? C'est moi qui invite.
— Non, pas ce soir, je suis crevé, peut-être demain, j'ai eu une semaine tuante.

À la pension, nous dormons tous les trois dans la même chambre, chacun dans un lit individuel, ma grand-mère met sa chemise de nuit et se couche dans son lit, « bonne nuit mes tout-petits », dit-elle.

Je ferme les yeux et fais semblant de dormir, lorsque je les entrouvre Nic ronronne doucement, toujours encombré des bronches, ma grand-mère est adossée contre sa tête de lit, une veilleuse allumée, nous regardant dormir comme un chien surveillant une portée de chatons, avec cette fierté un peu imbécile et en même temps le sentiment d'accomplir quelque chose d'absurde, presque contre nature.

16

Le père de Paul-Clément habite la plus belle maison de la ville, avec une plage privée sur le lac, trois courts de tennis, dont un en gazon entretenu par des jardiniers selon les règles de l'All England Lawn Tennis Association, un autre en terre battue dont la fine couche de brique pilée est remplacée chaque semaine, un dernier en Decoturf, la surface utilisée à Flushing Meadows.

Je me suis inscrit au tournoi dans l'espoir de passer aussi peu de temps que possible avec bonne-maman.

Le tirage au sort a voulu que je joue dès le premier tour contre le père de Paul-Clément. C'est un homme d'une soixantaine d'années, sa petite tête renfrognée paraît minuscule sur son corps immense.

J'ai beau être un joueur moyen, dès les premiers échanges, il ne fait aucun doute qu'il n'a pas la moindre chance, malgré les dizaines de milliers d'euros investis dans les cours privés, il n'est tout simplement pas taillé pour le tennis, ses gestes sont désordonnés et maladroits, ses mouvements imprécis, ses jambes raides et vacillantes comme les pattes d'un échassier, ses prises erronées.

Sur le bord du court, Helena, la nouvelle belle-mère de Paul-Clément, l'encourage.

— Vas-y nounours, crie-t-elle en sautillant sur place.

Helena est à peine plus âgée que moi, une vingtaine d'années tout au plus, une blonde élancée, sans doute une mannequine ou une actrice, russe ou sud-américaine.

— Tu n'as pas trop chaud nounours ?

Pourquoi s'évertue-t-elle à appeler ainsi un homme d'une soixantaine d'années qui ressemble bien plus à un vieux lévrier qu'à un ourson ?

Je tâche de ne pas trop montrer ma supériorité, de faire jeu égal, est-ce qu'un match incertain ou équilibré ne serait pas à mon avantage ? S'il se trouvait qu'il jouait son meilleur tennis contre moi ? Ne serait-ce pas une bonne stratégie ? Faire en sorte qu'il se sente briller à mes côtés, peut-être pourrais-je alors devenir pour lui un partenaire régulier, puis un ami, il prendrait conscience de mes points de vue originaux sur le monde, me proposerait de rentrer comme junior manager d'une de ses nombreuses sociétés. Il est peu probable que j'en devienne directeur, ces places-là sont d'office réservées à ses six enfants, à peine sortis de l'école, ils se retrouvent à la tête d'une multinationale du luxe, mais un poste stratégique ou créatif, pourquoi pas ? J'essaie de ralentir le jeu mais nounours court difficilement, manque de tomber, s'emmêle les jambes avec sa propre raquette.

Au changement de côté, sur le bord du court, Helena multiplie ses encouragements, elle est vraiment ravissante et me regarde à peine, je me sens boudiné dans ce short trop petit, j'aurais aimé qu'elle ait un regard pour moi.

Nous reprenons le match, mon partenaire parvient à gagner quelques points en annonçant des fautes qui n'en sont pas, il y a semble-t-il une convention tacite qui l'autorise à avoir dix centimètres de moins sur sa ligne de fond, à tricher légèrement lorsque c'est nécessaire, à être un peu au-delà des lois, cela m'agace et me fait m'appliquer davantage, lorsque je réalise un coup assez satisfaisant, je ne peux m'empêcher de regarder Helena. Je finis même par surprendre un sourire de sa part après un passing de revers particulièrement réussi laissant nounours contre le grillage.

Je commence à prendre du plaisir à promener l'homme le plus riche du monde de droite à gauche sur le court, il y a quelque chose d'amusant à tenir au bout de ma raquette ce vieillard, à le voir s'époumoner, sa minuscule tête devenant rouge foncé, le voir démarrer avec une telle lenteur à chacun de mes amortis !

Et s'il mourait d'une attaque en jouant contre moi, serais-je tenu pour responsable des conséquences économiques, des OPA qui en découleraient, des cascades de rachats liés à la guerre de succession entre ses six enfants, des fleurons de l'industrie nationale qui partiraient à l'étranger, des incidents diplomatiques ou politiques ? Peut-être des faillites, des milliers de licenciements tout autour du monde, des gens sans travail qui devraient vivre et dormir dans leur bagnole, perdraient la garde de leurs gosses, certains se tuant de déshonneur, à cause d'un amorti.

Je frappe de plus en plus fort, mes balles n'ont jamais été aussi précises, je vole presque sur la fine couche de brique pilée, le père de Paul-Clément est essoufflé, rouge, cyanosé, il se tient les hanches, cherche de l'air comme un poisson pris dans la nasse, au bord du malaise.

Est-ce que ce n'est pas la définition même de l'économie de marché mondialisée ? De l'effet levier du capitalisme ? Un micro-événement, la rupture d'un vaisseau sanguin de la taille d'une minuscule tête d'épingle un matin près de Lausanne mettant des milliers de femmes et d'hommes au chômage ? Précipitant des foules entières dans la misère ?

Chaque année un type reçoit le prix Nobel d'économie, on le célèbre, il fait un discours à l'Académie et repart avec son chèque, l'année suivante un autre type reçoit la même médaille au même endroit alors qu'il dit exactement l'inverse, personne ne comprend rien à l'économie, mais en attendant nous sommes maintenus dans l'obscurité.

Nounours finit par boitiller, jette sa raquette de rage et simule une blessure ou un claquage pour interrompre le match à quelques points de la défaite.

— Jeune homme, j'ai un problème musculaire qui hélas ne me permet pas de vous répondre dans de bonnes conditions, vous êtes inscrit en double avec mon fils je crois, dans ce cas je prendrai ma revanche demain ! dit-il en s'éloignant suivi de sa jeune épouse.

Je regarde les hanches d'Helena onduler, sa jupette voleter sous la légère brise de ce matin, sa tenue blanche sur le gazon parfaitement entretenu, elle porte le sac de nounours.

Le lendemain à neuf heures je suis sur le court avec Paul-Clément pour débuter le double, son père est venu sans Helena, il regarde sa montre, préoccupé, fait des étirements sur le bord du court, saute sur place. Il ne dit pas un mot à son fils, tout indique qu'il le tient pour un incapable, Paul-

Clément est le seul de ses cinq fils qui ne comprend rien aux maths, les autres ont tous fait Polytechnique, celui-là sera bon pour HEC tout au plus.

— Mon partenaire devrait arriver d'un instant à l'autre, dit-il, faisant des rotations de ses bras immenses.

On aperçoit au loin un homme courant sur le gazon, un énorme sac de sport blanc sur l'épaule.

— Bonyour, dit-il au père de Paul-Clément, ye m'appelle Carlos.

— Salut Carlos, dis-je.

— Déssolé pour lé retard, l'avion était oun peu long.

Dès les premiers échanges, je comprends que Carlos est un joueur du circuit ATP, que nous n'avons pas la moindre chance, ne serait-ce que de marquer un seul point. Ses services ont tant d'effet qu'ils décollent du sol dans des vortex de poussière et disparaissent dans les grillages, on croirait ses balles télécommandées. Lorsqu'il retourne, il prend la balle si tôt que nous n'avons même pas le temps de la voir revenir, le père de Paul-Clément ne joue presque plus, il se contente de faire des petits gestes victorieux du poing, comme s'il était ce putain de Jimmy Connors en personne, annonçant le score à voix haute à chaque point, allant même jusqu'à taper dans la main de Carlos en témoignage de leur nouvelle et victorieuse complicité.

Nous regardons les balles de Carlos passer devant nous comme des vaches admireraient un TGV, la belle Helena vient d'arriver au bord du terrain, elle porte une jupe si courte et ses jambes sont si parfaites que Carlos en perd sa concentration et, voulant servir encore plus fort que d'habitude, fait une double faute, il se rattrape en exécutant deux aces de suite. Le père de Paul-Clément fait des petits bonds sur place à présent, contenant difficilement sa joie de nous écraser, son fils et moi.

Est-ce ainsi qu'il est devenu immensément riche, en balayant par tous les moyens possibles ceux qui lui faisaient de l'ombre ? Y compris sa propre famille ? Était-il du genre à tricher aux échecs contre son propre fils ?

Le match est fini semble-t-il, il traverse le court avec une dignité retrouvée et nous serre la main.

— Ce n'est pas pour vous cette fois, heureusement ma jambe s'est bien remise, une bonne nuit de sommeil et tout va mieux.

Il serre la main de Carlos et prend Helena par la taille.

Ils se dirigent tous les trois vers l'héliport où les pales d'un Écureuil commencent à tourner.

L'hélicoptère décolle, nous retenons nos casquettes, je peux voir Paul-Clément le suivre des yeux, le regarder tourner sur lui-même avant de s'incliner pour prendre son cap.

J'imagine qu'il rêve secrètement que son rotor de queue se détache, que la carlingue vacille et que son père et sa belle-mère viennent se désintégrer sur le court, qu'on ne puisse les distinguer l'un de l'autre que grâce à leurs dossiers dentaires.

L'appareil prend son envol, il disparaît presque au-dessus de la vallée, une guêpe perdue au fin fond d'un jardin.

17

Nous avons près d'une heure d'avance et nous patientons dans la cafétéria. Nous regardons, à travers les inscriptions de la vitrine, la faune des gares, foule de gens pressés traînant leurs valises, arrêtés devant les panneaux d'affichage, démarrant tous en même temps lorsque la voie est annoncée, comme les oiseaux en cas de danger, se bousculant, prêts à tout écraser sur leur passage pour être assis les premiers dans le wagon pourtant numéroté, puis les autres, ceux qui restent, faux taxis prêts pour l'embrouille, mendiants, le nez rongé par la vinasse, en sursis jusqu'à la prochaine vague de froid, punks à chiens combatifs en attente du sou manquant pour la canette de bière, les commensaux de la gare, un écosystème fragile prospérant sur la richesse des voyageurs, prêts à dégager à la première patrouille et au milieu, comme jeté là, un vieil homme en chaise roulante, oublié, dont plus personne ne s'occupe.

Le serveur nous a fait asseoir dans un coin du restaurant.

Avec tous ses sacs, bonne-maman a l'air d'une Rom qu'il faut soustraire aux regards de la clientèle. Cela sent les produits nettoyants et le graillon, là entre les toilettes et la porte de la cuisine. Nic s'empare de la carte, promène son regard sur les photos des desserts, la pêche melba, le banana-split, hésite, le serveur a déjà l'air agacé. Nic opte pour la pêche melba et un chocolat chaud, je me contente d'un café, ma grand-mère demande un thé Earl Grey, elle prononce « Earl Grey » comme si elle connaissait ce bon vieil Earl en personne.

Le serveur bouscule la chaise de ma grand-mère chaque fois qu'il passe pour aller aux cuisines.

— Pouvez-vous reculer, vous gênez le service avec tous ces bagages ! dit-il engoncé dans une veste blanche devenue gris-jaune, un pli d'amertume à la commissure des lèvres.

Ma grand-mère se recule poliment.

— On ne peut pas s'asseoir ailleurs plutôt ? dis-je en regardant le restaurant presque vide.

— C'est réservé, rétorque le serveur, s'appuyant sur la table.

— Qui voudrait réserver ici, dis-je agacé.

— Si ça ne vous va pas vous pouvez toujours aller ailleurs, ricane-t-il, il y a des brasseries en face, ils seront ravis de vous recevoir, précise-t-il d'un ton narquois, indiquant d'un geste les voies, puis continuant à parler seul, s'éloignant.

— Il va cracher dans nos verres ! murmure Nicolas d'un ton suppliant.

Le garçon revient nous apporter les consommations en même temps que l'addition. Il pose l'expresso, un verre d'eau chaude, un sachet sur la soucoupe, mais la pêche melba de mon frère ne ressemble en rien à la photo de la carte, un effondrement de sirop et de crème rance, avec une cerise déconfite.

Malgré sa déception, Nic se jette dessus, pour nous montrer que tout va bien, qu'il n'y a pas matière à esclandre.

Le garçon reste devant notre table, battant du pied, sortant des fiches de sa banane comme si nous devions être témoins de sa comptabilité misérable.

— Trente francs ! dit-il, trépignant devant nous.

Voyant que nous ne disons rien il ajoute :

— Changement de service, je dois faire ma caisse de suite.

Ma grand-mère prise de tremblements de rage cherche de la monnaie dans son sac.

Nicolas baisse les yeux, un quartier de pêche s'échappe et tombe sur ses genoux, il le ramasse et le glisse aussitôt dans sa bouche.

— Vous faites mal travail monsieur, lance ma grand-mère, vous être seulement serveur, et le client roi, ce sont bases du commerce.

— Je ne suis pas commerçant, madame, je m'en fous moi du commerce.

— Grossier personnage, pas étonnant du tout !

— Pourquoi pas étonnant ?

— Je me comprends, répète-t-elle en le dévisageant.

— Si elle se comprend la vieille c'est déjà ça, marmonne le serveur.

Un autre garçon s'approche, attiré par la possibilité d'un scandale.

— Qu'est-ce qu'elle a ?

— Rien, elle va bientôt mourir, voilà ce qu'elle a la vieille, alors elle fait chier le monde, marmonne-t-il.

J'enfonce mes clés dans la banquette en skaï pour la déchirer, je parviens à peine à l'entailler.

Le serveur nous observe maintenant depuis le comptoir, l'air mauvais, était-il déjà un enfant imbécile et querelleur, ou est-ce la vie qui l'a rendu ainsi, servir des gens pressés, repousser les mendiants, nettoyer les pissotières, lui qui peut-être rêvait d'un ruisseau quelque part ?

Personne ne peut se mettre vraiment à la place des autres. Trop de paramètres à prendre en compte, et à quoi bon après tout, les autres, tout le monde s'en fout !

Ma grand-mère se lève, Nicolas se jette dans ses bras.

Elle s'avance encombrée par tous ses sacs, ses paquets, je ne sais pas ce qu'elle est encore allée récupérer, des nougats, des chocolats, des tissus, voilà à nouveau ma juive errante chargée sur ce quai de gare.

Il y a un barrage filtrant, des hommes en vareuses réfléchissantes la regardent passer, les douaniers du monde libre, gilets pare-balles, armes rutilantes, visages poupins, sûrs de leur bon droit, vérification des passeports, prêts à rejeter les clandestins aux bordures extérieures de l'empire, ils glissent un regard vaguement dégoûté en voyant passer ma grand-mère, trop vieille pour la fouille, impropre à tout usage, pas même suspecte.

— Aide-moi à monter wagon, me dit-elle.

— Je n'aimerais pas me retrouver embarqué par le train et rater les cours demain.

Alors que je m'apprête à monter pour l'aider, un contrôleur s'approche.

— Besoin d'aide, madame ? dit-il en attrapant ses bagages pour les ranger dans les compartiments déjà bourrés.

Il aide ma grand-mère à s'installer, à défaire des sacs plastiques que je ne voudrais pas même toucher, montant ses lourdes valises dans les filets situés au-dessus des banquettes, malgré les soupirs des passagers déjà installés.

Il a l'air sincèrement préoccupé par le destin de ma grand-mère, la même et invariable proportion de saints et de salauds dans toutes les couches de la population, je balaie du regard le wagon plein à craquer, les familles, les passagers qui la dévisagent, les ados qui se marrent, essayant d'imaginer, en temps de guerre, qui aurait protégé, qui aurait dénoncé, qui aurait regardé ailleurs.

Les portes se ferment dans un bruit de ventouse.

Nous regardons le Corail s'ébranler, nous restons Nic et moi sur le quai.

— Tu crois que ça va aller pour elle ? me demande Nic en me tendant la main par réflexe.

— Oui, tout ira bien.

La gare se vide pour la nuit.

Nous quittons le quartier, ses kebabs fermés, même les mendiants ont déserté les lieux, près du parc, on nous propose de l'héroïne, du sub ?

Nous regagnons l'internat sous la pluie.

Dans le quartier des prostituées la plupart des vitrines sont désertes, j'imagine les filles en rendez-vous dans des petites chambrettes, un mur borgne, une courette, est-ce qu'il y a plus de fréquentation le dimanche soir ? Une tentative d'échapper à la semaine qui vient, une dose d'amour à deux sous avant les humiliations, les gueulantes des petits chefs, les intrigues des collègues, et la tristesse qui frappe plus lourdement encore une fois son affaire terminée, faisant sa toilette dans le petit évier, saluant de la main, laissant place au client suivant.

Trois filles sont encore dans les vitrines, sous des néons, la peau abîmée par les ultraviolets, quel âge ? Peut-être celui qu'aurait aujourd'hui notre mère, elles nous suivent du regard, les yeux noircis au rimmel, mais ce n'est pas le regard que j'attends, aucun désir, aucune invitation ni aucun érotisme, juste de la tendresse pour un petit garçon qui tient son grand frère par la main.

Je prends à nouveau mon regard sérieux et profond, les fixant droit dans les yeux, je ne suis jamais allé voir de prostituée, mais je voudrais leur plaire, qu'elles me trouvent désirable, qu'elles rêvent que je les emmène loin de cet hôtel de passe minable pour une seconde chance, bien sûr, je me raviserais et déciderais de les laisser sur le couvre-lit poisseux où je les aurais trouvées, il n'y a pas de seconde chance pour les putes, comme pour la plupart d'entre nous.

Elles se contentent de nous suivre tristement des yeux, la plupart viennent de l'Est, Bulgarie, Tchécoslovaquie, Yougoslavie, la plupart ont fui pour une vie meilleure, rêvant de devenir actrices, comme Nastassja Kinski doit leur sembler loin. Peut-être pensent-elles à l'enfant qu'elles ont laissé là-bas, à qui elles envoient une enveloppe de temps en temps, une carte d'anniversaire ouverte par la censure, « tu as dû grandir, ici tout va bien, je travaille pour te faire venir auprès de moi, très bientôt, c'est promis, je pense à toi ».

Nic jette un œil aux vitrines, une des filles, la plus âgée des trois, le fond de teint qui craquelle, lui fait un petit signe, il rougit, presse le pas.

— Je crois que tu as un ticket avec elle, ça te dit que je vous laisse une demi-heure tous les deux ?

— Non, ça va pas !

— Allez ! dis-je, faisant mine de le prendre par l'épaule. Je trouve que vous iriez bien ensemble, vous feriez vraiment un beau couple, tu n'as pas envie de devenir un homme ce soir ? Elle n'est pas à ton goût ? Tu pourrais lui lécher la chatte pour commencer ?

— Arrête ça, laisse-moi tranquille, pourquoi faut-il que tu sois tout le temps après moi ?

Nous traversons l'avenue, un autobus passe, presque vide, une femme les yeux fermés, adossée à la vitre, endormie.

— Et pourquoi tu n'as pas pris ma défense l'autre jour ? Tu trouves ça normal ce qu'ils m'ont fait ? me demande Nic.

— Je t'ai déjà dit, si j'étais intervenu, ils auraient été sur ton dos toute l'année, on n'est jamais tendre avec les faibles.

— C'est pour ça que tu es comme ça avec babouchka, parce qu'elle est faible ?

— Tu ne la connais pas comme je la connais.

Une voiture de police passe au ralenti dans la rue, un officier à la barbe rousse nous toise, suspicieux, nous faisons semblant l'un et l'autre de ne pas l'avoir remarqué, regardant droit devant nous, je ne sais jamais ce qu'il faut faire pour passer inaperçu, ignorer que l'on est épié en dépit de toute évidence, au risque de trahir la peur de se faire contrôler, ou au contraire regarder dans les yeux et paraître les défier.

Le gyrophare se met en marche, la voiture de police disparaît dans la nuit.

Nous apercevons au loin la silhouette du Rocher, les grilles de l'internat.

Des bancs de nuages éclairés par la lune se mélangent aux vapeurs des cheminées d'usine.

Une mélodie au piano, hésitante, s'échappe par une fenêtre ouverte, des blocs de notes, certaines se détachant plus fortes, maladroites, clinquantes.

— C'est la « Sonate au clair de lune ».

— Ce qu'il en reste, dis-je.

— Sûrement un petit garçon en train d'apprendre.

— Ou un vieillard qui martyrise cette pauvre sonate.

— Et quel mal cela peut bien faire à cette pauvre sonate ? Un crime sans victime n'est pas un bien grand crime, à moins que tu ne sois la seule victime de ces quelques notes ?

— Rien à faire des victimes, tout le monde est coupable, nous devons tous payer pour les fautes de ceux qui nous ont précédés, pas seulement les enfants de ces trois pauvres putains de tout à l'heure, nous aussi nous sommes des enfants de putain.

— Ne parle pas comme ça !

— Il n'y a que toi pour croire que le monde est innocent, le monde est construit sur de la boue.

Nous sonnons à la grille de l'internat et sortons nos cartes d'étudiants.

Le gardien fait s'ouvrir la lourde porte, dans le patio sombre il attend sur une chaise.

— Nous avons une heure d'avance, dit mon frère.

Je cherche des yeux le bordereau sur la table, il n'y a qu'un vieux journal.

— Est-ce qu'on ne doit pas signer la feuille de retour ?

— Le bordereau ? Il n'y en a plus depuis longtemps, dit-il en replongeant dans son journal.

Nous traversons la cour du rocher, au centre son caillou poli par le temps, j'imagine un instant que ce bloc de pierre est là pour enfouir les péchés de nos pères, les empêcher de rejaillir sur les enfants.

Je ferme les yeux, c'est la nuit, ma bouche est asséchée.

La voiture roule, je suis sur le siège passager, je fouille dans le vide-poche, il y a un tube de médicaments, j'essaie de lire ce qui est écrit mais les caractères sont trop petits, le tube est vide, je me tourne vers maman, je voudrais lui demander ce qu'elle a pris mais je n'ose pas. Trois vans noirs nous suivent, je les observe dans le miroir du pare-soleil.

Le long de la route, sur des panneaux de signalisation inconnus, deux enfants se serrant dans les bras.

« La casse de mon âme vide est assise sur mon petit », déclare maman d'une voix happeuse.

Je n'ai pas compris ce qu'elle voulait dire mais au lieu de lui demander le sens de cette phrase je la regarde et me mets à ronfler, des grognements énormes, maman commence à rire, un gazouillis d'oiseau.

Je suis dans mon lit à présent réveillé par le bruit de mes ronflements.

Penché au-dessus de moi, Nic éclate de rire.

18

Mon frère a un gros sac à dos, une doudoune sans manches et une chapka qui lui donne l'air d'un Tatar, des lunettes de glacier aux bords en cuir. Durant les deux heures du trajet en autocar, je regarde la route défiler contre son profil, les stations-service, les banquiers de la vallée, les pères de famille dans leurs breaks, qui font les courses pour un mois, emmagasinent, font des stocks, se préparent des nids géants, bien à l'abri, les garde-manger remplis, les caves pleines à craquer, débordant de beurre de cacahuète, de conserves et produits laitiers, pour fortifier les os de leurs héritiers, ruches géantes pour enfants aux paupières lourdes de sommeil, linge propre, immaculé, blancheur amidonnée aux odeurs de chrysanthème pour chasser les mites, je ne sais pas ce qu'il faut ressentir envers ces gens, du mépris ou de l'admiration, un pays gras, des vies minuscules, chacun pour soi, ou des héros ordinaires cherchant à nourrir leurs petits, leur permettre de grandir en sécurité, à l'abri.

Le paysage se reflète dans les verres de Nic, les chaînes de montagnes, le Doigt de Dieu, le Grand Combin, le Cervin.

Quelques écoliers des villages isolés bâillent, révisent leurs leçons dans leur tête, cherchent à recoudre leurs rêves, les derniers lambeaux de nuit.

Des travailleurs saisonniers des coopératives agricoles se rendorment, le visage appuyé du côté où le bus penche, les vitres pour oreiller, on peut sentir l'arôme du café filtre, du tabac froid, du Tropicana.

À huit heures du matin le bus nous dépose au pied du vieux téléphérique, à l'arrêt depuis des années.

Le soleil se lève à peine là-haut.

Il fait doux, la neige va vite mollir.

Je fais dans ma tête le tour du matériel nécessaire, est-ce que je n'ai pas oublié quelque chose ? Je n'aurais sans doute pas dû prendre l'initiative de cette sortie, je n'ai jamais aimé les nuits dans les refuges, l'odeur d'étable et l'aube qui ne vient jamais.

Notre père a toujours pensé que la liberté n'existait que dans la nature, que les hommes et les villes étaient décevants, que seul le grand air pouvait rendre un cœur heureux. L'été il nous emmenait en bateau, un petit esquif de sept mètres, nous rejoignions des îles éloignées de la Manche, des nuits entières à surveiller la hauteur des vagues, que le bateau n'enfourne pas, la bordure des voiles, les trajectoires des cargos sur le rail, à manger des biscuits humides et à faire la vaisselle dans la houle qui donnait la nausée, ou bien dans la pétole à pêcher à la traîne, nous obligeant à rompre le cou d'un maquereau aux nageoires vertes, à saigner une bonite qu'il remontait, un coup de couteau derrière la tête.

De retour à terre notre père nous entraînait sur les rochers en granite rose de l'île de Batz, à escalader des parois, puis nous plongions dans les eaux vertes et gelées auprès des phoques, sur cette île où parfois les dauphins escortaient les vedettes dans le Fairless.

À l'automne il nous forçait à partir faire du camping les week-ends où le temps était encore beau, Nic n'était pas difficile à convaincre, il aimait surtout les préparatifs, dessiner les trajectoires sur les cartes, l'achat de matériel, les techniques de survie, il y a un tel plaisir à imaginer des situations extrêmes dans le fond d'un lit.

Pour ma part, ces week-ends étaient éprouvants, mouillé et glacé, je n'arrivais pas à me sécher tout à fait, je n'ai jamais aimé me torcher le cul sous les étoiles, je n'ai pas besoin de voûte céleste pour me sentir minuscule.

Lorsque enfin à cinq heures du matin nous étions réveillés pas les chants de milliers d'oiseaux, je laissais Nic et mon père s'émerveiller et m'éloignais pour aller pisser dans ce coin d'un monde où je savais ne pas avoir ma place.

Nous commençons à grimper à travers le sous-bois, ses odeurs de sapin, de mélèze, d'épicéa, très vite nous sommes en nage, les lunettes recouvertes de buée.

Nic a pris la tête, il marche à vive allure, une vingtaine de mètres devant, se retourne pour vérifier où j'en suis, semble s'impatienter.

Il chante pour se donner du courage, une mélodie inconnue dans un anglais pidgin, des phonèmes inventés qui n'ont aucun sens.

Je lui demande de cesser mais il continue, des mots qu'il répète de manière obsessionnelle, à l'envers, à l'endroit, comme un magnétophone que l'on remonte. Nous traversons un passage où moustiques, taons et moucherons volent dans toutes les directions, des papillons noirs s'affairent autour de nous.

Quelques vaches s'étiolent dans un pâturage.

— Arrête de chanter ou tu vas avaler une mouche, dis-je à mon frère.

Il continue à fredonner cette chanson que je ne connais pas, les papillons noirs volent devant mes yeux, semblables à du papier brûlé, j'ai un instant l'impression qu'ils n'existent que dans mon imagination, un scintillement sombre sur ma rétine, l'un d'eux se dépose sur la manche de mon blouson, je le chasse de la main.

Nous quittons les pâturages et le sentier commence à se dégager, ne laissant que genêts et herbes rases, un petit chemin grimaçant plus abruptement, une pelouse tendre interrompue par des passages caillouteux. Quelques edelweiss sont encore debout, courts, trapus, assemblages de nœuds contre le vent qui souffle sans arrêt sur les pentes de plus en plus raides.

Au loin un mur de foehn souffle sur le massif oriental au-dessus des arêtes, ce n'est pas une si bonne idée d'avoir emmené mon frère, il a déjà fait quelques courses simples en montagne mais papa était avec nous et il était expérimenté, cette fois je suis seul avec lui.

Quelques marmottes, pattes dressées, guettent un serpent pris au piège dans son terrier, écailles noires, s'enroulant, attendant la mise à mort. La nature ne connaît jamais l'équilibre, une suite d'expériences de prédation, de prolifération, de destruction, qui ne doivent mener qu'à un dépérissement du monde.

Plus haut, Nic enlève ses godillots, trempe ses pieds dans un ruisseau gelé coulant vers la vallée, ses chevilles sont si fines, je l'imite mais au bout de quelques secondes la brûlure du froid est trop intense, mon frère reste immobile les pieds dans l'eau.

— Ça ne te brûle pas ?

— Je ne sens pas grand-chose.

— On dirait des couteaux, je ne peux pas les laisser plus de dix secondes. C'est fou que ça ne te fasse rien ! dis-je, sautant hors du ruisseau.

Nous nous séchons.

— On dirait deux glaçons, il faut faire circuler ce sang, tu es un enfant du glacier ! dis-je en le frottant énergiquement. Il ne faut pas traîner, ça va devenir de la boue là-haut.

Nous suivons l'ancienne voie au-dessous du téléphérique désaffecté, des rochers effondrés, des blocs de pierre enchevêtrés les uns sur les autres, comme s'ils cherchaient à fuir un danger, quelque chose de désastreux, un paysage perdu à jamais.

Des câbles flottent dans l'air, bouffés par les intempéries et les oiseaux, cordages géants autour d'immenses piliers d'acier en quinconce, soldats vaincus, attendant la prochaine tempête pour s'allonger définitivement sur la terre.

— Pourquoi cette montagne a été abandonnée ?

— C'était une station de ski puis elle a fermé, plus assez

de neige, bientôt il n'y aura plus de neige nulle part, plus de glacier, il ne restera que toi !

— On s'arrête bientôt pour déjeuner ?

— Pas encore, il faut avancer !

Nous passons une suite de petites barres rocheuses entre deux pierriers, je prends la tête, préférant nous encorder, le sac à dos de Nic est trop lourd pour son poids, je le déleste de quelques affaires, lorsque je grimpe trop vite mon frère se retrouve presque traîné le long de la paroi.

— Fais un effort, si nous arrivons tard, ça va devenir dangereux !

Nic se donne du mal pour suivre le rythme mais je sens qu'il cherche son souffle, que l'air semble lui manquer.

Nous commençons à trouver des névés isolés à chaque replat, après une nouvelle barre rocheuse de quelques mètres le col se dessine contre le ciel.

— Qu'est-ce qu'il y a là-haut, on est bientôt arrivés ?

— Juste le col, il faut prendre au sud.

Des papillons noirs continuent à chuter depuis le sommet. Pourquoi ces ailes noires nous suivent-elles depuis le début ?

Nous atteignons le sommet de l'arête rocheuse, parallèle à la rive sud du glacier.

Je commence à ressentir le manque d'oxygène moi aussi, le soleil se reflète dans la neige, brûle comme le sable du désert, irrite la cornée.

Nic s'allonge sur une pierre et observe le glacier, quatre cents mètres plus bas.

— On continue ! dis-je à mon frère, tout est en train de fondre.

Devant une vire équipée de câbles, je mets mon baudrier et mon casque, j'aide mon frère à enfiler les siens et nous nous encordons, je serre le câble et franchis la petite corniche de quelques mètres, mon frère est derrière moi, le vent fait faseyer son blouson comme une voile trop ouverte, il pourrait presque s'envoler, un papillon noir se colle sur sa parka, j'y vois un présage !

Je lui crie :

— Regarde bien où tu marches, pense à mettre un pied devant l'autre, rien d'autre, un pied devant l'autre, serre bien le câble !

Mon frère s'arrête au milieu de la vire, les poings crispés.

— Accélère, ne reste pas là.

Nic est pétrifié, des cordées commencent à s'impatienter derrière, on nous hèle depuis le glacier : il faut avancer, se dépêcher, on ne doit pas rester exposés là-dessus trop longtemps.

— Avance ! Comporte-toi comme un homme !

Nic me regarde, au bord des larmes, les jambes vacillantes, devant le vide.

Je rebrousse chemin, prends Nic par le tissu de sa parka, je l'accroche à mon baudrier et le tire vers moi, le soleil me frappe les tempes, m'aveugle, couvre mes lunettes de buée, le visage de mon frère paraît presque brûlé dans le contre-jour, je ne vois plus ses traits, juste une petite poupée noirâtre avec qui je suis lié à nouveau par le mystérieux destin des frères, le même cordon nous maintenant en vie.

Nous finissons par prendre pied sur le glacier, écrasés par notre propre poids, nous avançons le long des cailloux qui semblent tombés du ciel, j'essaie d'y deviner des formes, là un dieu inca, ici un poisson-pierre, je finis par ne plus rien voir, tout se confond, des taches lumineuses devant mes yeux.

Personne ne peut vivre ici, quelques faucons viennent entraînés par des vents ascendants puis redescendent se nourrir, et toujours ces papillons noirs, brûlant leur dernière réserve d'oxygène.

Mon frère se rapproche, pensant se mettre en sécurité auprès de moi, je le force à s'éloigner, une dizaine de mètres de corde pour bloquer la chute avec nos piolets.

Le vent se lève par bourrasques, je me retourne, sur le glacier nous ne laissons aucune trace, comme si nous n'avions jamais existé.

Des rangées de chaussures de marche sont posées à l'entrée de la cabane. Nous devons enfiler des chaussons en plastique pour entrer dans le refuge, comme on en porte dans les cures thermales.

Quelques marcheurs sont endormis dans des chaises longues, leurs peaux brûlées par le soleil font des petites cloques, des traces de crème solaire leur barrent le visage.

Nous prenons un verre de jus de pomme.

— Qu'est-ce que c'est que ces papillons noirs ? Est-ce que c'est normal ?

— Je ne sais pas, me répond un guide, il n'y a pas grand-chose de normal en ce moment, vous avez vu, le mur du Berlin est tombé ?

— Non, quand ça ?

— Hier soir, il a été abattu, il n'y a plus d'Allemagne de l'Est, la Russie va suivre.

Je reste assis à la table, épuisé, mon frère à mes côtés a une main posée sur moi, il m'enlace, met sa tête contre mon épaule pour fermer les yeux un instant, j'aime son odeur, l'odeur de la maison, celle que je cherche chaque jour entre toutes les odeurs du monde.

Un parfum de soupe chaude me réveille.

Le gardien observe à la jumelle le retour des expéditions de la journée, des cordées traversent lentement le glacier, la nuit s'avance à leur rencontre.

Je balaie le glacier avec la longue-vue, m'arrêtant sur les petites taches que font leurs vestes polaires.

Des cordées reviennent au refuge, finissent les derniers mètres comme des cosmonautes, enlèvent leurs chaussures, laissant libres leurs pieds meurtris, s'allongent sur leur châlit, juste la force de respirer, plus de pensées, seulement l'épuisement.

— Demain, il faudra partir avant cinq heures pour cette voie, me dit le gardien, c'est la plus facile, mais le petit, il n'est pas un peu jeune pour ce genre de courses ? Il peut y avoir des accidents même sur les voies peu difficiles, tout dépend de la météo.

Sur la terrasse, des colonnes de brume s'étirent vers le sommet, se mélangent aux nuages, on dirait des chevaux, des panaches de fumée, nous restons dehors à observer les couleurs changeantes à chaque seconde, tout va très vite, en un instant il fait nuit.

Une vingtaine de grimpeurs lapent la soupe, ils ressemblent aux gens de la vallée, ils sont lourds, mangent bruyamment, font des blagues grasses.

Un homme sort pour aller aux toilettes, on l'entend chier pendant que nous mangeons en silence.

— Après la chute du mur, chute de sérac, ironise un autre alpiniste, déclenchant les rires de toute l'assemblée.

Après dîner, certains écoutent la radio, les informations de l'Est, un moment historique, je voudrais rester dehors regarder les étoiles mais je suis si fatigué, la chaleur du refuge me donne envie de fermer les yeux un instant, je regarderai le ciel plus tard.

Je monte me reposer dans une couchette que l'on m'a attribuée, là-haut dans les filets, les dernières places libres. Nic dort déjà dans la sienne, il est le plus jeune du refuge, avec le soleil et l'altitude, ses joues sont d'un rouge vermillon, des petits vaisseaux sous sa peau fine ont éclaté, mon frère prend toujours des coups de soleil, il a beau cramer chaque fois, il s'obstine à ne jamais se protéger comme s'il devait ainsi prouver son courage.

Je ferme les yeux un instant, je me réveille traversé de visions de ponts de glace qui s'effondrent, de corps dans la crevasse, j'entends des ronflements, des pets, plus tard le départ d'une expédition dans le noir, des voix qui chuchotent, la lueur des frontales dans la neige, je crois encore voir ces papillons noirs les escorter, il faut dormir au moins une heure, juste une heure dans l'obscurité d'étable du dortoir, une heure, mais le glacier semble comprimer mes poumons, en chasser l'air, je peine à respirer. Je me retourne encore, plongeant dans le vide sans étoiles, je sens des décharges, de la plante des pieds jusqu'à la nuque, entortillées le long du corps, comme une guirlande détraquée.

Je sursaute, me rattrape, me rendors un instant, je viens d'apercevoir mon frère, nous ne sommes pas sur le glacier, mon frère est assis sur une petite montagne de cendres, un terril, une accumulation de déchets de la mine, il a fait une fugue, tout en haut de cette petite colline artificielle qui a la forme d'un sein de femme, il porte une grande valise globe-trotter comme en a toujours eu notre père.

— Je viens te chercher, lui dis-je, je suis ton frère, je ne te laisserai pas.

J'essaie de grimper pour le rejoindre mais la montagne de cendres s'effondre sur elle-même en l'entraînant.

Les heures de la nuit s'en vont, inexorables, fuselées, à un moment le champ gravitationnel du sommeil semble enfin me rattraper, comme une pierre lancée dans un puits, c'est l'aube lorsque le réveil sonne, un bourdonnement ailé, comme une colossale mouche à merde qu'il faudrait écraser pour dormir encore cinq minutes.

Rien que cinq minutes.

Nic me secoue.

— Il est l'heure d'y aller !

Tout le monde se réveille, on parle à peine, chacun se déplie.

Je regarde par le hublot, la montagne encore plongée dans la nuit, les étoiles immobiles, pétrifiées, on croirait apercevoir les entrailles de l'univers, y lire l'avenir comme dans celles d'un animal.

— Tu as pu dormir ?

— Tu as des pansements ? demande-t-il d'un ton éteint.

— Pourquoi ?

Il me montre ses pieds couverts de crevasses, des lambeaux de peaux dévitalisées, comment a-t-il fait pour marcher sans se plaindre durant toute la journée d'hier ?

— Pourquoi tu n'as rien dit ?

Il hausse les épaules.

— Ça ne fait pas vraiment mal !

— On va devoir redescendre, dis-je, soulagé de ne pas avoir à l'emmener là-haut, de ne pas avoir à annuler et passer pour un dégonflard. Ce soir nous irons camper dans la forêt.

— Je veux y aller. Avec des bandages j'y arriverai, je te promets, je n'ai pas mal.

— Hors de question, tu ne peux pas grimper avec des blessures pareilles.

— S'il te plaît frère, me dit Nic, si je n'y vais pas aujourd'hui, je n'irai jamais !

— Nous y retournerons au printemps, cette fois tu mettras comme moi deux paires de chaussettes et des bandages.

J'ai mis des pansements sur les pieds de mon frère, tout le monde est en train de s'équiper, nous prenons notre temps, nous buvons un bol de chicorée, le refuge s'est vidé.

Durant la descente nous ne disons plus un mot.

Il y a comme un parfum de défaite.

En fin d'après-midi nous nous arrêtons au bord d'un lac pour établir le campement. Je vais chercher des morceaux de bois que je casse en deux en jetant des pierres pointues, nous allumons un feu avec du bois séché.

Mon frère enlève ses chaussures, laisse reposer ses vêtements auprès du feu.

Plus tard nous allons nous baigner dans le lac, l'eau est glacée et sombre, en sortant nous nous frictionnons pour nous réchauffer, puis nous restons là, à moitié nus devant le feu, les flammes qui grandissent.

Il y a au loin une détonation.

Quelque chose traverse le ciel à basse vitesse, une flammèche blanche, un vaisseau arpenteur, laissant derrière lui une traînée, comme une navette préparant le retour d'un dieu antique.

— Tu as vu ? me demande mon frère. Qu'est-ce que c'était ?

— On aurait dit un ovni.

— Peut-être est-ce lié à la chute du mur, ça a disparu vers l'est. Allume la radio pour voir si on en parle.

Toute la soirée nous restons devant le feu, l'oreille collée au transistor, on ne parle que du mur, Gorbatchev rentré d'urgence en URSS, personne n'évoque le bolide qui a traversé notre ciel.

Le feu s'est éteint, une odeur de cendre molle et froide se répand dans la futaie.

Les étoiles dérivent comme des icebergs, des étincelles scintillent dans la nuit, Nic est sous son duvet, auprès de moi, dans mes bras, je sens des larmes couler sur sa joue.

— Pourquoi pleures-tu ?

— Les lucioles.

— Oui, il y en a souvent à cette saison, elles se reproduisent.

— Tout cela va disparaître, bientôt les lucioles n'existeront plus, les hérissons et les écureuils non plus, bientôt il n'y aura plus de forêts, que des villes éclairées sans cesse et tant de lumière que personne ne pourra plus se cacher nulle part et puis les nuits s'évanouiront à leur tour et plus personne ne se souviendra de maman, je me demande à quoi ressemblera la vie de ceux qui nous succéderont.

— Tu crois que ceux qui nous ont précédés ont parfois pensé à nous ?

— Les lucioles, elles ne brillent que quelques jours, à la fin de leur vie paraît-il, elles quittent ce monde en brûlant.

19

Nic passe une heure devant le miroir, je ne sais pas ce qu'il trafique, lorsqu'il sort des paquets de brillantine lui dégoulinent des tempes, il a aussi dû tenter de se maquiller avec quelque chose, des traînées brunes lui barrent le haut du visage.

— Tu ne peux pas sortir comme ça.

— Comme quoi ?

— Tu as des traces.

— Quelles traces ? me répond-il d'un sourire craintif.

— Non… rien… Amuse-toi bien !

Je vais dans la salle de bains à mon tour et me passe de l'eau fraîche sur le visage pour essayer de me réveiller, mais rien n'y fait, la journée était grise et molle, de celles où rien ne semble se décider, où tout stagne comme dans une mare de boue, j'ai l'impression de n'être pas vraiment sorti des rêves désagréables de la nuit précédente, ma peau est craquelée par endroits, encore brûlée par la réverbération du glacier, j'ai comme une idée de la tête que j'aurai plus vieux, l'air d'un poupon épuisé, d'un vieillard à visage de bébé.

Je rejoins la tsarine dans sa chambre, elle est sur son lit, dans la pénombre, seulement éclairée par la veilleuse bleue de son globe terrestre, elle porte un tee-shirt et un caleçon, les cheveux trempés, en train de restaurer une couche de vernis sombre sur ses pieds, je m'approche, elle sent cette délicieuse odeur chimique des îles, un mélange de tiaré et de coco, je m'assieds à côté d'elle sur le lit, sans dire un mot. Elle reste appliquée, la bouche pincée, à poser cette couleur prune foncé sur ses ongles, son souffle est frais, il me semble que ses baisers pourraient me laver de toute ma tristesse, elle se recule, me regarde un instant en souriant puis pose son vernis sur sa table de nuit, il y a une petite radio sur la tablette au-dessus du lit qu'elle enclenche en attachant son chignon.

La chanson commence, elle sait que c'est une de mes préférées, elle se lève et me tire par la main, m'invitant à danser ce slow avec elle, je ne suis pas à l'aise à l'idée de danser, surtout dans cette pièce minuscule.

— J'ai envie de danser, viens !

— Mais je ne sais pas faire.

— C'est facile, laisse-toi guider.

Elle m'entoure de ses bras, chaque centimètre de sa peau semble vouloir recouvrir la mienne comme un pansement, poitrine contre poitrine, hanche contre hanche, je sens ses os qui veulent rencontrer les miens, je peux presque imaginer quel genre de squelette elle sera. « *Is there life on Mars ?* » disent les paroles, il me semble que la question posée n'est pas tant de savoir si les extraterrestres existent et ce qu'ils pourraient bien avoir à foutre sur Mars, mais pourquoi la beauté de ce morceau ne s'épuise pas à la dix millième écoute, comme si ce qu'il contenait était bien plus vaste que cette petite plage de trois minutes trente, qu'un maelström de sensations complexes y était scellé à jamais, une compression de souvenirs d'une clarté muette, maman avec son peigne en nacre dans les cheveux se tournant vers moi, ma main traversant l'eau d'une fontaine Wallace, tant de sensations indéchiffrables et maintenant la beauté de la tsarine dans les lumières bleues du globe.

Le slow s'est achevé, elle se laisse tomber sur le lit. Je l'embrasse, ses lèvres sont fraîches comme la pluie, pourtant très vite je finis par sentir sur sa bouche et son cou l'odeur désagréable de ma salive. Tout ce sur quoi je pose mes yeux ou mes lèvres se trouve contaminé, vicié, je lui murmure à l'oreille, « j'ai envie de toi », j'imagine que c'est ainsi qu'il faut faire, déclarer son désir, expliquer ce que l'on compte faire, comme un médecin avant un examen, je tente de glisser ma main sous son tee-shirt, elle se dérobe, je ne sais pas ce qu'elle veut, pourquoi elle a bien voulu coucher avec moi le jour où j'ai simulé cette crampe, rien depuis ? J'insiste, elle se dégage une fois encore.

— Je perds mon temps, lui dis-je.

— Je ne me sens pas bien ce soir, j'ai mal au cœur, je suis crevée, j'ai la nausée, ce que je voudrais c'est dormir pendant trois cents nuits, il paraît qu'on peut faire des cures de sommeil, c'est ce que je voudrais, dormir tout l'hiver dans tes bras. On peut baiser avec n'importe qui, mais dormir dans les bras de quelqu'un, c'est comme connaître ses rêves.

Elle se lève, ouvre un placard encombré de vêtements, des manteaux, des robes, des écharpes qui dégringolent, serpentent comme des lianes, elle commence à fouiller dans cette jungle, en sort précautionneusement une petite boîte en carton percée de trous.

— Regarde ce que j'ai trouvé !

Elle se met à genoux devant moi, soulève le couvercle, de la boîte s'échappe un petit chaton blanc, il nous regarde avec méfiance, comme des ennemis héréditaires, elle le prend dans ses bras, puis le dépose sur ses genoux.

— Je l'ai ramassée près du terrain de sport avant-hier ! Elle s'était coincée sous le grillage, elle n'arrivait plus à bouger, le métal ouvrait une plaie béante dans son abdomen, elle respirait vite mais son regard était résigné, elle semblait guetter quelque chose, c'est ce que j'ai imaginé, qu'elle attendait simplement la nuit, que les rats ou les renards viennent lui régler son compte. En essayant de la libérer, j'ai aggravé ses blessures, pourtant elle ne miaulait pas, ne hérissait pas les poils, elle se laissait faire comme si elle comprenait que je voulais son bien. Je l'ai soignée avec de la bétadine, elle est presque guérie maintenant, regarde, une vraie princesse, elle va pouvoir grandir et se faire baiser par tous les chats du quartier, ceux qu'on entend hurler la nuit dans le parc, puis elle sera mère à son tour, certains de ses petits ne seront pas aptes à vivre alors elle les bouffera sur-le-champ, les autres seront mis en sac et noyés par des paysans dans le lac ou bien écrasés par une bagnole, les plus chanceux finiront par rôder dans le parc à leur tour à la recherche d'une chatte en chaleur. Tu vois ma belle, pour toi et tes rejetons, ce n'est pas si glorieux le futur n'est-ce pas ! Heureusement que nous ignorons tous ce qui nous attend ! Regarde, elle t'aime déjà beaucoup ! Est-ce qu'elle n'est pas adorable ?

Elle laisse tomber le chaton sur le sol et me dévisage.

— J'aurais aussi bien pu la laisser sous ce grillage après tout. Finalement, je ne vois pas ce qu'il y a à gagner à dormir à côté de quelqu'un, j'ai du boulot en retard, je dois finir mon partiel d'anglais.

— Tu ne veux pas que je reste encore un peu ?

— J'ai encore tout un chapitre à apprendre, tu peux la caresser si tu veux. Tu ne seras pas venu pour rien.

Elle disparaît dans la salle de bains.

Je caresse le cou du chat qui se met à ronronner doucement, les paupières mi-closes, prêt à s'endormir. À quoi peuvent bien rêver les chats, est-ce que leurs rêves ont changé depuis l'Antiquité, rêvent-ils toujours de se protéger du ciel brûlant d'Égypte et des chiens sauvages du Nil qui les pourchassent.

Le chat a déjà regagné le fond de sa boîte, attendant que quelqu'un referme le couvercle pour retrouver son placard surchauffé, où s'emmêlent des vêtements fabriqués par des enfants, au Bangladesh ou ailleurs.

Lorsque je rentre dans ma chambre, j'entends des sanglots, je me penche vers la couchette de mon frère. Il me tourne le dos, je ne vois que son corps secoué de spasmes, son dos blafard.

— Que se passe-t-il ?

Il ne répond rien.

— Que s'est-il passé, lui dis-je à nouveau, raconte-moi !

— Rien, il ne s'est rien passé, dit-il, libérant une légère odeur acide et tiède que je reconnais, celle de la bière.

— Si tu ne me dis rien, je ne peux pas t'aider.

— Je n'ai pas besoin d'aide, dit-il en enfouissant sa tête dans l'oreiller, je n'ai pas besoin d'aide, je voudrais juste que papa soit là ! Je voudrais qu'il revienne. J'ai l'impression que nous ne sommes plus jamais rentrés chez nous, dit-il en sanglotant.

— Chut, ça va aller, lui dis-je en lui caressant les cheveux, incapable de trouver les mots. Chut, endors-toi maintenant ! Dors ! dis-je, continuant à lui caresser le crâne, comme maman le faisait, la pulpe des doigts dans le cuir tendre, son corps s'apaise, ses pleurs cessent, je le regarde sombrer dans un sommeil sans mémoire, il a des petites marques dans le cou, comme celles qu'aurait laissées la morsure d'une araignée.

20

Maman est assise au premier plan, elle a vingt ans, elle lit le journal *Le Monde*, posé sur ses genoux.

À l'autre bout de la banquette se trouve une vieille dame portant un chapeau cloche et une veste fleurie, elle lit *Le Figaro*, des plis d'amertume au bord des lèvres, elle regarde notre mère avec un mélange de jalousie et de mépris, devant tout ce qui les sépare, la jeunesse, la beauté, le ressentiment, mais notre mère ne regarde pas la vieille dame, les nouvelles du monde glissent sur ses jambes ravissantes, elle doit songer à son rendez-vous de la nuit, elle porte les mains à ses lèvres, se caressant la bouche.

On ne voit pas clairement son visage, caché par des mèches de cheveux blond vénitien, mais son petit nez apparaît sous les cheveux, on peut la reconnaître à son allure, ses cuisses brunies par le soleil posées sur la banquette en osier de la véranda de chez Lipp, sa robe Courrèges blanche, ses chaussettes noires qui lui montent sous le genou, ses petits mocassins d'Indienne à talons plats.

Sur la table est posé un Vittel citron, la boisson que maman adorait, elle vient sûrement de croquer la pulpe et se passe les doigts sur les lèvres pour en estomper le goût, un geste que j'ai vu ma mère faire des milliers de fois, le même que Belmondo dans *À bout de souffle*.

Dans le fond, derrière la baie vitrée, on imagine une salle complète, des fumées joyeuses, on peut presque entendre les conversations sur les films ou la politique.

Nous avons été autorisés, mon frère et moi, à nous rendre en ville pour l'inauguration d'une exposition dédiée à Cartier-Bresson.

Monsieur Malvoisin nous a laissés sortir car une photo de notre mère y est exposée.

La photo est là, derrière une vitre, dans une salle spacieuse.

Lorsqu'il la voit, Nic est bouleversé, il prononce du bout des lèvres le nom de notre mère, comme si elle avait été là tout ce temps, qu'elle avait continué son existence auprès de tous ces visiteurs, ces hommes et ces femmes, qui auraient pu la côtoyer chaque jour durant ces années, qu'elle n'avait disparu que pour lui.

Cette photo est tout ce qui reste de la beauté de notre mère. Elle n'a pas écrit de livres, n'a pas joué dans des films. Une fois les albums familiaux perdus, oubliés dans les brocantes ou les vide-greniers, il ne restera plus que cette photo, elle est la résonance magnétique de notre mère, de sa beauté perdue dans le monde.

Peut-être que dans cinq cents ans, des visiteurs chercheront encore à comprendre cette journée dans la véranda de chez Lipp.

Nic tourne autour de la photo mais il y a toujours un visiteur qui s'interpose entre lui et sa mère, l'empêche d'être tout à fait avec elle.

— Est-ce que tu peux demander à quelqu'un des renseignements ? Savoir quand cette photo a été prise ?

Une gardienne me dit que la commissaire de l'exposition est ici aujourd'hui, elle s'appelle Martine Franck, c'est la femme de Cartier-Bresson, me dit-elle, chuchotant comme si elle me livrait un secret d'alcôve.

Je la trouve dans la salle suivante, une femme élégante, un foulard dans les cheveux, elle porte un pantalon droit, une chemise en coton simple, elle fait le tour des salles, prend des notes, discute d'encadrement, d'agencement.

Nous restons un moment en face d'elle, sans oser l'aborder, sans même savoir quoi lui demander, cherchant à croiser son regard, c'est elle qui finit par venir à nous.

— Est-ce que vous cherchez quelque chose ? Vous avez besoin d'explications peut-être ?

Son regard se pose sur moi.

— Nous aimerions quelques détails concernant la photo qui est dans l'autre salle.

— Quelle photo ? Montrez-la-moi, si je peux vous aider j'en serais ravie, nous n'avons pas souvent des jeunes gens qui s'intéressent à notre travail.

Devant la photo de notre mère, Nic me scrute inquiet comme si un coup de théâtre nous attendait, que nous allions découvrir que tout ce en quoi nous croyions était faux, que notre mère continuait une existence quelque part dans l'œil de cette photo, qu'elle avait pris une autre direction ce jour-là, rencontré un ami dans ce café, que tout son programme s'en était trouvé changé, retardé, qu'elle avait eu d'autres enfants, une autre vie, sans camion ni coup du lapin.

Nic regarde cette image comme si elle ouvrait un passage par où il pourrait dialoguer avec notre mère, par où elle pourrait lui répondre.

Autour de nous, toutes les photos semblent en mouvement, un sas où les morts et les vivants peuvent se regarder, s'entretenir de ce qu'ils deviennent d'un côté et de l'autre. Un homme traverse en courant une esplanade trempée de pluie, des jeunes gens pratiquant le yoga auprès d'une piscine, le plus troublant ce sont ces grappes d'enfants alanguis, à jamais bloqués dans cette journée d'été sous une rotonde, sans parents, sans avenir, bloqués dans ce petit bout d'éternité, ces limbes argentiques.

— Qu'est-ce qui vous intéresse précisément sur cette photo ?

— Est-ce qu'il y a d'autres images de cette série, un rouleau de pellicule quelque part ?

— Je ne crois pas, Cartier-Bresson ne prend en général qu'un seul cliché, à moins qu'il soupçonne un défaut dans l'image. Pourquoi ?

— C'est maman, dit Nic, d'une voix essoufflée.

— Ah oui ? C'est votre mère ? C'est amusant, répond Martine Franck en souriant.

— Oui c'est Suzanne, c'est bien elle, c'est notre mère.

Je suis ému de faire résonner ce nom que je n'avais pas prononcé depuis si longtemps. C'est bien elle, c'est bien Suzanne.

— Votre mère est très belle, ajoute Martine Franck, elle est passée ici il n'y a pas une semaine, une femme vraiment charmante. Elle ne m'a pas dit que vous alliez venir, vous avez bien fait de vous présenter, je connais toute la famille maintenant.

Je fixe le visage de Nic, je ne sais s'il s'éclaire ou s'il se défait, des larmes inondent ses yeux, à la surface, un barrage prêt à céder. Son visage se désassemble, s'illumine à nouveau.

— Maman est passée la semaine dernière ? Vous en êtes certaine ? dit Nic.

— Oui, oui, je suis certaine, répond Martine Franck

surprise. Votre mère est venue je crois jeudi dernier, Henri n'était pas là, continue-t-elle en se raclant la gorge, j'étais avec Nicole mon assistante, elle a dit qu'elle était le modèle de la photo, son âge et son apparence correspondaient, elle a donné des détails sur cette prise de vue qui m'ont semblé crédibles.

— C'est maman, c'est maman, hurle Nic, elle est passée, tu vois bien ! dit-il en m'attrapant le bras. Il faut appeler papa tout de suite pour lui dire !

— Ne sois pas ridicule.

— Son nom, je l'ai noté quelque part dans mon carnet, attendez un instant, dit Martine Franck, ouvrant un petit cahier qu'elle sort de sa poche.

Elle lève les yeux vers nous, puis plonge à nouveau dans son carnet, troublée, feuillette les pages.

— Irène, Irène Keller, voilà le nom que j'ai noté, elle m'a aussi donné une adresse.

— Mais notre mère s'appelle Suzanne, maman s'appelle Suzanne, pas Irène, hurle Nic, il y a forcément une erreur !

— Je suis désolée, je ne comprends pas, peut-être qu'il y a une confusion, que deux personnes pensent être le modèle de la photo, on ne discerne pas nettement le visage, n'est-ce pas ? dit-elle en caressant la vitre de protection de la main. C'est impossible de savoir, peut-être que c'est bien votre mère sur cette photo après tout ? Écrivez-moi votre adresse, je vous ferai parvenir un tirage signé ! Le plus simple, ce serait que votre mère vienne et rencontre Cartier-Bresson, il sera ici samedi, ils se souviendront sûrement l'un de l'autre.

Martine Franck me tend son cahier, je tourne les pages et j'écris l'adresse de l'internat, en face de celle d'Irène Keller, 8 rue du Belvédère, dans la vieille ville.

Martine Franck propose de nous faire visiter la suite de la rétrospective, elle prend Nic par la main, il s'empêche de pleurer, mais ses lèvres tremblent et ses narines se dilatent, je peux sentir à quel point elle est désolée pour mon frère, elle lui parle avec douceur, comme on parle à un enfant inconsolable, Nic n'écoute pas et moi non plus.

Il me semble que tous les visages de Cartier-Bresson tournent autour de nous, qu'ils cherchent à sortir des murs, des photos, nous chuchotent des paroles amères, nous reprochent d'avoir laissé notre mère disparaître, s'effacer un peu plus du livre des vivants au profit d'une inconnue.

Nous rentrons à l'internat à pied, je mets mon blouson au-dessus de ma tête pour me protéger de la pluie, Nic semble absorbé dans ses pensées, des pensées sur lesquelles la pluie n'a aucune prise.

Est-ce que mon frère croit vraiment que cette femme pourrait être notre mère ? Est-ce qu'il s'imagine qu'elle a été seulement commotionnée par l'accident, qu'elle aurait marché sans mémoire, recommençant une vie nouvelle sous une autre identité ?

Peut-il s'accrocher à de tels contes ? Je le regarde, il remue les lèvres. La moitié de l'humanité n'est-elle pas persuadée qu'un bon Dieu avec une bonne grosse barbe les observe et les évalue nuit et jour, qu'ils peuvent l'appeler lorsqu'ils ont un problème, lorsqu'il y a des turbulences dans l'avion ?

Mon tympan se comprime à nouveau, peut-être est-ce le froid, les basses pressions, parfois lorsque je descends simplement une rue mes oreilles se bouchent.

Nic a sa doudoune jaune fluo sur le dos, il ressemble à un gros poussin, je ne suis qu'en veston. J'allume une cigarette dans la rue déserte.

— Vas-y si tu veux, tu peux tirer une latte !

Je lui tends la Winston, il aspire, toussote, inhale à nouveau, cela lui donne une certaine allure, l'embellit, il sourit, je vois qu'il se force pour me faire plaisir, pour prouver qu'il est bien un homme et plus un enfant, je pense à ces gorilles dans les zoos que leurs gardiens faisaient autrefois fumer ou boire pour s'amuser, les faire ressembler davantage à des humains.

Il s'assied sur un banc devant le lac, ses vêtements sont trempés, ruissellent de partout. L'eau est paisible, rien que le goutte-à-goutte de la pluie à la surface, indéchiffrable morse venu du ciel.

— Il faut que l'on rende visite à maman, me dit Nic en levant les yeux vers moi. Il faut aller la voir tout de suite !

— Arrête avec ça, que veux-tu qu'on demande à cette Irène Keller ? Si elle peut nous adopter ?

— Irène Keller, répète-t-il, Suzanne Klein, Irène Keller.

21

Lorsqu'on m'a enlevé les dents de sagesse, babouchka a demandé une réduction sur le prix de l'opération, le chirurgien a accepté, mais en échange l'extraction devait se passer en public devant les étudiants de sa classe.

Je regardais les visages se succéder au-dessus de moi, dans la dilution de l'anesthésiant, des dizaines d'yeux de toutes les couleurs se confondaient, approuvant d'un hochement de tête ou d'un froncement de sourcils le cassage de ma mâchoire avec une pince. Au milieu de ces regards professionnels, il y avait ces yeux bleus, tachés de violet, comme ceux de maman, exactement les mêmes, la tache en bordure extérieure du cercle de la pupille, comme une île dérivée d'un continent. Le tuyau dans la bouche m'empêchait de parler, de lui demander pourquoi elle avait mis tout ce temps à revenir me voir, pourquoi justement ce jour-là où le langage me faisait défaut, où je ne pouvais même pas avaler ma salive sans un aspirateur, mais je pouvais lire dans ses yeux que la douleur passerait, qu'elle était aussi inutile que ces dents, qu'il suffisait de s'en débarrasser.

Lorsque je me suis réveillé, j'étais seul dans la pièce d'observation.

Cela fait une demi-heure que nous attendons au coin de la rue du Belvédère, la nuit tombe toute bleue, les réverbères jaunes s'allument, les vapeurs d'hydrocarbures peinent à se dissoudre, l'air a le parfum du plomb. Nous sommes trempés.

Au coin de la rue, il y a un terrain vague, des clochards sont penchés sur un brasero de fortune, une nuée de corbeaux se partageant les restes d'un festin, c'est à cela qu'ils font penser, les ailes luisantes de pluie.

Une Austin Mini noire se gare non loin, un ancien modèle, une femme en sort, encombrée d'un parapluie, d'un sac à main en cuir, elle est longiligne dans son trench Burberry, la ceinture attachée, ses cheveux blond foncé sont coupés au carré, elle court sur les pavés pour se protéger de la pluie, ses bottines manquent de déraper, son sac est à moitié ouvert, elle frôle un homme sortant d'une autre voiture, une paire de lunettes noires sur les yeux.

Tout en cherchant ses clés, elle compose le code d'accès à l'immeuble, Nic s'élance, ses pas résonnent dans les flaques, elle jette un regard à la dérobée, referme la porte précipitamment derrière elle.

Est-ce qu'elle s'imagine qu'un enfant de douze ans pourrait être un agresseur, qu'il y a des bandes de gosses trempés qui cherchent à s'introduire chez les femmes pour les battre ou les voler ? Que ces gosses trop grands à force d'avoir tant dormi ont formé dans leurs interminables nuits des rêves sanglants ?

La porte se referme, elle disparaît.

Une lumière s'allume au rez-de-chaussée.

Nic me rejoint. Nous restons, assis sur un banc, face à la

baie vitrée, elle entre dans son appartement, pose son imperméable sur une patère, se passe la main dans les cheveux, vient à la fenêtre, pour s'assurer que la nuit est calme, nous reculons, nous dissimulant sous une arche.

C'est un vaste appartement, au rez-de-chaussée, il y a un jeu de mah-jong contre le mur, un piano laqué au fond de la pièce sous une haute verrière.

Un escalier blanc et pentu grimpe vers une mezzanine.

Est-ce qu'elle vit seule ? En tout cas, c'est une maison sans enfants.

Elle sort un instant du salon, elle a mis la chaîne stéréo en marche, nous nous rapprochons de la fenêtre, nos pieds trempés font des bruits d'éponges, une musique s'infiltre par la baie vitrée, une chanteuse américaine reprenant Brel, difficile de dire si c'est ridicule ou bien sublime, peut-être un peu des deux.

Lorsqu'elle revient, elle a une serviette autour de la poitrine, un verre de vin à la main, elle fume une cigarette.

Nous restons là, devant la vitre, sous la pluie qui redouble.

Elle passe quelques secondes au téléphone, puis disparaît un long moment.

Elle a allumé la télévision, sur l'écran je crois distinguer un film se passant en Afrique, il doit faire une chaleur accablante là-bas.

Lorsqu'elle revient, elle s'assied devant l'écran avec un plateau, elle dîne seule en regardant les images, un plat d'asperges, une soupe fumante, Nic fait passer sa langue sur ses lèvres comme s'il pouvait, à travers la vitre, partager avec elle un repas chaud. Nous restons, mon frère et moi, comme au spectacle, nous rapprochant de la baie vitrée, essayant de suivre l'intrigue du film, de le regarder à ses côtés, d'imaginer cette vie qui nous a manqué, de passer du temps auprès de cette femme après toutes ces années solitaires, carencées.

On finit par sonner à sa porte.

Elle presse la télécommande, plonge l'Afrique dans l'obscurité, elle se précipite, c'est un homme du même âge, une quarantaine d'années, grand, les cheveux courts et plaqués, en costume croisé élégant, elle semble heureuse de le voir, elle l'embrasse, les lèvres, puis les yeux, il lui passe la main dans le dos, sur les seins.

Nous nous dissimulons davantage dans la pénombre.

Leurs lèvres bougent et je peux presque entendre les mots qu'ils échangent.

Elle lui apporte un verre de vin.

Ils parlent et fument un instant. Elle rit et fait tourner les boucles de ses cheveux sous ses doigts, exactement comme le faisait maman.

Elle lui enlève sa veste, sa cravate, commence à déboutonner sa chemise.

Ils éteignent la lumière.

L'homme va à la fenêtre à son tour, nous nous dissimulons sous l'arche, il scrute l'obscurité, tire un des rideaux, laisse l'autre ouvert pour profiter encore de l'éclairage des réverbères.

Il se penche vers elle et l'embrasse.

Nous distinguons deux formes dans le noir, comme luttant contre les ténèbres.

— Il faut mettre d'abord le lait ou les céréales dans le bol ? me demande Nic.

— D'abord le lait, c'est mieux, viens on y va.
— On pourra revenir la voir ?
— Oui, bien sûr, nous reviendrons quand tu voudras, ne sois pas triste, on sait qu'elle est là.

Sur le chemin du retour, nous marchons lentement, Nicolas et moi, chacun dans ses pensées, le ciel s'est enfin dégagé, et nous nous perdons dans des rues semblables les unes aux autres, avec des balcons fleuris, des portes cochères, des baies vitrées, on dirait que le quartier s'est déplié, faisant apparaître des rues apatrides, des symétries nouvelles, des axes inconnus, des maisons secrètes peuplées d'habitants qu'on ne pourrait aller trouver qu'à certaines heures de la nuit.

22

C'est trois semaines plus tard que la tsarine prend la première pilule, celle qui arrête la vie, elle l'arrose d'une gorgée de vodka et repose la bouteille, des paquets de cheveux sales lui tombent sur les yeux, ses hanches se sont élargies, des boutons lui sont apparus sur les joues, comme des plaques d'eczéma, il y a quelque chose de disgracieux, de désordonné en elle que je n'avais jamais remarqué, et puis sa présence est devenue pesante, silencieuse.

Elle écrase une nouvelle cigarette dans un pot en terre cuite rempli d'un liquide jaunâtre.

— Pourquoi tu bois autant ?

— Qu'est-ce que ça peut foutre ! L'alcool n'est pas contre-indiqué, si ?

Nous sommes assis sur le lit d'une chambre d'un hôtel proche de la gare, c'est elle qui a trouvé cet endroit, l'a réservé pour la nuit, j'ai promis de rester pour l'aider. Je tente à nouveau de lui demander avec qui elle a couché ? Quel jour ? Dans quel dortoir ?

— Qu'est-ce que ça change ? me répond-elle. J'avais envie

de me faire sauter c'est tout. Tu veux savoir quoi ? Si c'était bien ? Ce qui compte c'est de régler le problème non ?

Elle a pris un sac de sport. Le sac est ouvert, des draps, des serviettes-éponges, du linge en débordent, je me demande quelle quantité de sang nous devons nous attendre à éponger, des pensées circulent dans ma tête, menstruations, accouchement, nos vies secrètes de larves, au fond du terrier, à l'abri des rayonnements solaires, comment nous avons été expulsés dans le monde, d'une manière ou d'une autre, vivants ou pas.

Elle surprend mon regard, referme le sac aussitôt.

Nous demeurons en silence à boire, moi une bière glacée malgré le froid, elle de la vodka, il faut attendre quatre heures avant de prendre la seconde pilule.

« La première pilule tue, la seconde expulse », a dit l'assistante sociale après lui avoir posé toutes sortes de questions pour la faire culpabiliser.

« Avez-vous utilisé un moyen de contraception, avez-vous eu des rapports avec des partenaires multiples, avez-vous averti vos parents de cette intervention, l'établissement scolaire est-il au courant, a-t-il informé vos parents de votre choix ? » etc.

La tsarine se tient les mains sur le ventre, elle me fait penser à une de ces madones enceintes.

La nuit est tombée, nous regardons la télé, un flash spécial sur le Chili, Pinochet a été viré.

— C'est incroyable toute cette liberté ! dis-je.

— Nos manuels d'histoire-géo sont foutus ! dit-elle en riant. Je ne crois pas qu'on s'intéresse beaucoup à notre liberté, parfois j'ai l'impression que le monde est un piège qui se referme sur nous, la seule liberté est d'en sortir…

Elle se tait un instant et allume une cigarette avec le mégot de la précédente.

— Tout le monde doit déjà être au courant, ajoute-t-elle en inhalant profondément, il n'y a aucune colère dans sa voix, juste une tristesse résignée.

Elle est de plus en plus pâle, et si les choses tournaient mal, s'il y avait une complication, est-ce que je saurais quand la conduire aux urgences, au bout de quelle quantité de linge ensanglanté ?

Je voudrais quitter cette petite pièce surchauffée, il y a des fêtes sur le campus, il doit y avoir des jolies filles expérimentées, raffinées, des filles en col roulé qui boivent du vin rouge et parlent de littérature.

Je change de chaîne, une émission télévisée italienne, une roue tourne, des rires préenregistrés, des candidats chutent sous les huées et les rires, les mêmes humiliations partout sur la planète, la présentatrice sourit à la caméra, faisant tourner la grande roue de la fortune.

La tsarine veut prendre le deuxième cachet, « il est l'heure », dit-elle.

L'œuf doit être mort à présent, prêt à se calcifier dans son ventre.

Je lui apporte un verre d'eau, je m'efforce d'avoir l'air triste, si je pouvais faire venir les larmes je le ferais, mais je suis trop sobre pour jouer la comédie.

Je voudrais être tendre, la prendre dans mes bras, la réconforter, mais quelque chose me retient, cet état de faiblesse, de vulnérabilité, cette allure défaite, et je pense un instant aux vestales de nos cours d'histoire, l'emmurement, ce qui attend celles qui ont rompu leur vœu de chasteté.

Elle avale la pilule, « il faut bien expulser l'embryon », a dit la fille du planning familial, « sinon il peut y avoir des complications sérieuses ».

Est-ce que ce que nous vivons là n'est pas déjà une complication sérieuse ?

Elle commence à ressentir les premières contractions, court aux toilettes.

— Tout va bien ?
— Oui, oui.
— Que se passe-t-il ?
— Rien.
— Il y a du sang ?
— Un peu, mais ce n'est rien, ne t'en fais pas, dans quelques jours ce sera comme si rien ne s'était passé, je serai comme neuve et nous pourrons baiser, je te le promets.

Est-ce qu'elle a déjà tiré la chasse, et quel air avait son héritier, est-ce qu'en regardant bien dans la cuvette des toilettes, j'aurais eu une chance d'identifier le père biologique, de reconnaître les traits de Stefano ou d'un autre ?

La tsarine est allongée sur une des couvertures, elle reste là, pliée en deux, les mains sur le ventre. J'aimerais trouver quelque chose à dire mais chaque mot auquel je pense sonne creux, comme de la petite monnaie dans la sébile d'un mendiant.

Les Italiens sont passés au téléachat, un produit censé enlever les taches les plus ignobles, c'est une autre fille qui en fait les frais, ravissante elle aussi, un présentateur s'approche, verse une sauce semblable à du chocolat sur son body blanc moulant, il prend plaisir à lui asperger les seins. Souillure, c'est à cela que je pense.

Il mélange le détachant dans l'eau et verse le produit obtenu sur la poitrine de la fille qui sourit tristement, faisant semblant de ne pas voir ce qu'il y a d'humiliant dans la scène.

— C'est un bon moyen de contraception, dit la tsarine, sortant enfin du silence, si les mecs jouissaient seulement sur nos seins, comme dans le porno, on n'aurait plus à prendre ces pilules à la con, on n'aurait plus à se faire avorter un vendredi soir, ça réglerait le problème de la surpopulation, du trou de la couche d'ozone, et aussi celui de la pollution des océans, en deux générations tu vois, tous les problèmes seraient réglés. C'est ça qu'on devrait enseigner à tous les petits garçons du monde et rien d'autre !... dit-elle en regardant le produit dissoudre les taches sur le tee-shirt qui redevient immaculé, ce produit c'est ça qu'il me faudrait, insiste-t-elle. La semaine prochaine, tout sera réglé !

— Je vais au drugstore acheter de quoi boire, dis-je, on est à sec.

— Tu reviens quand ?

— Dans une demi-heure.

— Promis ?

— Oui, promis.

— C'est étonnant, me dit Alexia, ta voix, elle a changé,

elle ressemble à la voix de Stefano, le même ton, les mêmes intonations.

Je claque la porte, soulagé d'être seul.

Je traîne en ville, je bois une canette sur le trottoir, je fume une Winston.

Après négociation avec la caissière du drugstore, j'obtiens deux bouteilles de cidre, impossible d'obtenir quelque chose de plus fort.

Il y a une fête sur le campus, j'entends par la fenêtre ouverte des chants, des cris, je voudrais me mêler à la fête, me dissoudre dedans.

Je marche longtemps dans les rues, je compte mes pas, imaginant qu'ils sont des mois, des années de vie, une vie sans qualité particulière, simplement du temps supplémentaire, comme un coloriage à remplir.

Je me sens vide, prêt à croire en n'importe quoi.

J'imagine que je croise le camionneur qui a tué maman, il est seul, je lui tombe dessus, je l'emmène avec moi quelque part, je commence à m'amuser avec lui, à lui taillader le visage avec un cutter, je marche de plus en plus vite à mesure que la torture que je lui fais subir se précise, je sépare les chairs, cautérise, brûle, émonde, dénude, soulève le derme, broie, arrache.

Un passant me bouscule, me fait sursauter, le cœur battant.

— Regarde où tu vas bordel !

— Désolé, j'étais dans mes pensées.

Quand je rentre dans la chambre, je suis en nage.

Alexia est endormie sur le côté, une main sur le ventre, pas plus grande qu'une enfant, sa poitrine se soulève, son souffle tranquille, le sac est fermé, rangé au pied du lit, tout est en ordre, je claque la porte.

23

Nous regardons la télévision au réfectoire, l'internat s'est vidé depuis une semaine, ils sont presque tous rentrés dans leur famille pour Noël. Il reste à peine une trentaine d'internes, le pavillon des orphelins !

Monsieur Worms, le surveillant général, entre dans la salle de télévision, il a un air glacial et préoccupé, il pourrait paraître intimidant mais il porte toujours ce pantalon rouge qui lui donne l'air d'un pitre. Il s'approche de moi.

— Puis-je vous parler un instant ?

— Oui bien sûr.

— C'est à propos d'Alexia, est-ce que vous avez eu de ses nouvelles récemment ?

— Non. Elle est dans sa famille je crois ?

— Elle n'est pas rentrée la nuit dernière, sa mère m'a appelé, j'ai pensé que peut-être, comme vous êtes très proches, vous auriez une idée de l'endroit où elle pourrait se trouver ? Chez une amie ? Ou une nouvelle connaissance ? Est-ce qu'elle vous a dit quelque chose ? Est-ce que vous avez remarqué un comportement inhabituel ?

Je pourrais lui dire que la dernière fois que je l'ai vue, il y a une semaine, son comportement n'avait rien d'habituel, qu'elle était pliée en deux, en train d'expulser un embryon calcifié au fond des chiottes, mais je préfère lui faire la réponse standard.

— Non, je ne vois pas du tout ! Désolé.

— Bien, ce n'est sans doute rien, le jour de Noël les gens ont parfois des comportements étranges, le miracle de Noël sans doute, merci de votre aide, passez un bon réveillon, je vous retrouve à la rentrée.

Je le regarde disparaître, se frottant les mains l'une contre l'autre, apparemment satisfait de cette entrevue.

Il neige sur le pensionnat. Il paraît qu'en Amérique, chaque année, la neige tombe si profondément que les écoles doivent fermer plusieurs jours le temps de déblayer les routes. Et ces jours-là doivent être sans doute les plus joyeux de l'année, peut-être de toute une vie. En Suisse, il a beau tomber des mètres de poudreuse, nous n'avons pas une minute de retard, même en cas d'attaque nucléaire, ils se débrouilleraient pour nous faire cours dans un bunker.

La nuit est tombée. Nous venons d'échanger quelques cadeaux avec les internes qui restent, j'ai reçu un décapsuleur mais je n'ai rien à décapsuler, Nic un jeu de cartes, nous faisons semblant d'être reconnaissants pour chaque petite attention que nous offre la vie mais au fond de lui chacun se sent, ce soir-là, plus merdique et relégué qu'il ne l'a jamais été. Le miracle de Noël !

Nic s'est pelotonné sous deux couvertures en laine, la millième rediffusion du show de Coluche est interrompue par une speakerine.

« Nous devons suspendre le programme quelques instants, dit-elle, je vous prie de nous excuser. Nous avons une liaison de Bucarest où les époux Ceauşescu ont été arrêtés. »

Suit une image brouillée d'un magnétoscope VHS, des parasites défilent horizontalement, la caméra dézoome, coupe, se rapproche à nouveau d'un homme et d'une femme sur des chaises en plastique blanches, dans ce qui ressemble à une salle de classe. Des tables sont disposées en angle droit de manière qu'ils ne puissent se déplacer, ou sortir de la salle, un peu comme une barrière.

Sur la table, devant la femme, se trouve un dossier jaune, une épaisse chemise cartonnée débordant de liasses.

Derrière eux, une armoire en bois clair et un voilage de mauvaise facture, de ceux que l'on trouve chez les personnes âgées, des broderies sans charme représentant un arbre et des plantes.

L'homme est vêtu d'un manteau d'astrakan, de l'agneau mort-né, c'est ce qu'il porte sur le dos, il occupe ses mains avec une chapka qu'il fait passer tantôt dans l'une tantôt dans l'autre, pose un instant sur la table puis récupère comme si elle était la dernière chose qui le protégeait, il possède encore une belle chevelure, étonnamment dense pour son âge, on peut sentir sa stupeur, la femme paraît plus âgée, une vieille femme qui essaie de faire bonne figure, voilà ce que l'on se dit, habillée d'un manteau à col en fourrure elle aussi, elle a mis son plus beau foulard, un tissu bleu, sorti d'une boutique de luxe parisienne, le genre de foulard que l'on met autour de la tête d'une morte, pour que sa mâchoire ne s'ouvre pas, c'est à cela que l'on pense en la voyant, à ce foulard et à ce qui l'attend.

Un homme invisible parle, ou plutôt il aboie.

On lit à l'homme un acte d'accusation, l'image se fige par moments, le son continue dans un brouhaha.

L'homme accusé répète la même phrase, jetant des petits coups d'œil à droite et à gauche vers les juges dont on n'aperçoit jamais le visage.

« Je ne reconnais pas la légitimité de ce tribunal, je ne répondrai que devant la Grande Assemblée nationale ! »

Le procureur de ce tribunal invisible reprend son réquisitoire, les accuse d'avoir accompli des faits incompatibles avec la dignité humaine, l'image se fige alors que le procureur aborde des faits de génocide, de dégradation partielle des installations industrielles et de destruction de l'économie nationale, s'ensuit une liste d'articles du code pénal en vertu desquels il réclame la peine de mort pour l'accusé et sa femme.

Est-ce que moi aussi je ne devrais pas être accusé de faits incompatibles avec la dignité humaine ? Et la tsarine que j'ai laissée seule dans cette chambre ? Et mon frère dans la cour avec ses persécuteurs. Et ma mère dans l'habitacle de la voiture qui remue les lèvres pour me dire quelque chose. Est-ce que ce n'est pas moi qui devrais être jugé ? Est-ce qu'un jour je devrai payer pour toute cette indifférence, cette lâcheté, recevoir moi aussi une bonne leçon ?

— Est-ce qu'ils vont vraiment les tuer ? me demande Nic.

— Je n'en sais rien, peut-être qu'ils finiront par être graciés, peut-être que la révolution va échouer, que leurs accusateurs seront fusillés demain soir.

— Et leurs enfants ? Ils ont des enfants tu crois ?

« Accusé, as-tu entendu, lève-toi ! »

— Je ne sais pas, est-ce que ça change quelque chose ?

« Non, je n'ai rien entendu, je ne répondrai à rien sauf devant la Grande Assemblée nationale », tonne l'homme en tapant du poing sur la table, il remet ses mains croisées sur ses genoux et ajoute « je ne signerai rien ».

— Est-ce qu'on ne devrait pas avoir pitié pour les enfants des bourreaux ? souffle mon frère.

— De la pitié ? Je ne crois pas que la pitié soit une force qui gouverne le monde.

« Nous connaissons la situation du pays, continue le procureur, le manque de médicaments, qui a ordonné que l'on tue des femmes et des enfants, qui sont les fanatiques qui ont tiré ? »

— Maman nous disait toujours d'être bons avec tout ce qui peuple les trois mondes !

« Je ne réponds à aucune question, continue le dictateur déchu, personne n'a été fusillé devant le palais. — Et alors, les victimes qu'on dénombre aujourd'hui dans toutes les grandes villes ? »

— Il faudrait juste pouvoir aider tous ceux qui souffrent ! murmure Nic. Papa nous dirait ce qu'il faut penser de tout ça.

L'image se fige à nouveau, interrompue par des plans de coupe, le son continue, on peut imaginer que les prises de vues manquantes, celles qui ont été escamotées, seraient susceptibles de nous apitoyer, est-ce qu'ils s'embrassent, supplient pour leur vie ?

« Qui a recruté ? Qui a dirigé les mercenaires étrangers qui ont tiré sur les foules… » poursuit le procureur. L'image se fige à nouveau. « … tuant la population paisible et innocente ? »

L'image s'anime, le procureur accuse la femme d'avoir usurpé des titres d'académicienne, d'ingénieure, alors qu'elle sait à peine lire et écrire, se faisant passer pour une intellectuelle.

« Je suis une intellectuelle », répond la femme.

Celui qui accuse n'apparaît pas à l'écran, on voit par moments un manteau passer dans le champ, un bandeau multicolore que l'homme porte en brassard, le brassard du camp du bien, pour se différencier de celui des vaincus auquel il appartenait sans doute il y a peu. Il répète sur un ton ironique : « Intellectuelle, vraiment ? »

Elle repose sa tête sur son poing.

À chaque accusation dont elle fait l'objet, son mari a des gestes de tendresse pour cette femme, il la défend avec plus de véhémence qu'il ne se défend lui-même, il crie, il essaie de faire trembler les juges.

Lorsqu'il se rend compte que ces cris n'impressionnent plus personne, il pose une main sur celle de sa femme, il cherche le contact, ses jambes se perdent sous la table.

« Inculpé, qu'est-ce qui vous empêche de répondre aux questions posées ? demande un colonel.

— Je réponds à n'importe quelle question devant la classe ouvrière ou devant l'Assemblée nationale, à n'importe quelle question.

— L'Assemblée nationale a été dissoute.

— Personne ne peut dissoudre l'Assemblée nationale. Je ne reconnais pas ces accusations, ni cette cour de justice », lance le dictateur en pointant les militaires qui sont en face de lui d'un doigt menaçant.

« Face au silence des accusés nous allons résoudre par nous-mêmes ces problèmes, poursuit le procureur.

— Je suis le commandant suprême des forces armées, je réponds devant le peuple et non pas devant des provocateurs qui avec le concours de l'étranger trahissent le pays ! »

Un dialogue de sourds s'installe entre les accusés et le tribunal, pourtant tous parlent exactement le même langage, le langage de la paranoïa, des purges, des agents à la solde de l'étranger.

« Pourquoi as-tu condamné ce peuple alors que tu vivais dans le luxe ? » poursuit inlassablement le procureur.

L'homme se contente de dire qu'il ne répondra pas devant ce tribunal illégitime. Il lève sa main, puis la laisse tomber, il semble d'une faiblesse extrême, à peine plus de force qu'une charogne.

L'homme et la femme se regardent, peut-être songent-ils à cet instant que des procès falsifiés, des parodies de justice, ils en ont organisé des milliers, qu'après d'humiliantes séances d'autocritique la plupart ont fini de la même manière, une balle dans la tête dans la cour d'une caserne.

Monsieur Worms réapparaît dans la salle de télé, je pensais qu'il était rentré passer les fêtes chez lui, il est plus blafard encore que tout à l'heure, est-ce qu'il craint d'être fusillé à son tour ? Est-ce que la révolution se répand jusqu'ici ? Est-ce qu'ils auraient déjà exécuté monsieur Malvoisin et sa fille ?

Les deux vieux sont conduits comme prévu dans la cour d'une caserne, je me demande ce qui va arriver, dans combien de temps on va les fusiller.

Monsieur Worms s'approche de moi, je cherche le regard de mon frère, mais Nic a fermé les yeux, allongé dans le canapé, comment fait-il pour s'endormir à un moment pareil ?

Monsieur Worms murmure quelque chose mais je n'entends pas bien, je lui demande de répéter, il se penche vers moi.

— Il y a eu un accident…

Je lève les yeux vers lui.

— Votre camarade, Alexia, j'ai pensé que vous deviez savoir… Elle a été trouvée ce matin dans la cour de l'immeuble de son père, c'est le concierge… il l'a trouvée comme ça, en vidant les poubelles, apparemment elle est tombée dans la nuit.

— Je ne comprends pas, dis-je en montrant mon oreille, comme s'il existait un problème de réception d'un signal radio, de brouillage des ondes. Elle est blessée ? Pouvez-vous répéter ?

— Elle a fait une chute du cinquième étage. Sa disparition est un choc pour toute notre communauté, le directeur fera… Une cellule d'assistance doit être mise en place à la rentrée, je me suis entretenu avec votre père au téléphone, il arrive après-demain, ça va vous faire du bien de vous retrouver en famille… Il y a extinction des feux dans trente minutes, si vous avez besoin de quoi que ce soit… les surveillants sont là toute la nuit, enfin, nous sommes là mon petit, dit-il en posant une main sur mon épaule.

Lorsque je retrouve l'écran, il est trop tard, les deux vieux sont allongés dans la cour d'une caserne, immobiles, comme si leurs manteaux de fourrure étaient devenus si lourds à porter qu'ils n'avaient eu d'autre choix que de s'allonger sur le sol. Quelque chose s'écoule de leurs pelisses en astrakan, un liquide sombre ruisselle, rejoint le caniveau, je touche mon visage, quelque chose coule, ruisselle aussi.

Je prends mon frère dans mes bras, j'aimerais connaître ses prières. Je le porte au lit, mes larmes perlent sur ses joues sans le réveiller.

Une cure de sommeil.

24

Il y a une détonation, suivie d'une autre, leur fracas sourd en stéréo.

La nacelle grimpe en valsant sous les bourrasques, le vide sous nos pieds, mon père paraît fragile, il a changé, ses jambes sont plus minces, ses cheveux plus fins tachetés de pointes argentées, sa haute taille, ses attaches fines, un lustre en cristal convoyé sur une route de montagne, c'est à cela qu'il fait penser.

C'est une des dernières remontées de la journée. Le soleil est tombé derrière le col, laissant une trace mauve dans le ciel.

Un frisson me traverse, du dos jusqu'au sommet de l'os du crâne, je tire jusqu'en haut la fermeture éclair de mon anorak.

Quelques skieurs dévalent encore la piste plongée dans l'ombre.

— Le blanc recouvre tout, le monde a été effacé ! dit mon père en souriant.

Nic se serre contre lui, des traits jaune fluo lui barrent les pommettes, ses yeux sont brillants, je ne sais si c'est le froid ou l'émotion d'être réunis tous les trois dans les œufs.

— Tu skiais bien à mon âge ? demande Nic.

— Je n'avais jamais vu la neige à votre âge. Pendant les vacances on jouait avec les scorpions, au crépuscule lorsqu'ils sortaient de sous les pierres on les attrapait avec des pinces pour les faire se combattre.

— Papa, pourquoi est-ce que tu nous racontes ça ? lui dis-je.

— Je ne sais pas, parce que c'était mon enfance. Mais tout cela est bien loin, je n'ai plus de chemin direct vers mes souvenirs, je suis obligé de traverser de nombreuses frontières, presque un pays étranger.

Mon père a enlevé ses gants, ses mains sont fines, tannées pas le soleil, il passe un doigt sur ses lèvres. Il est aussi bronzé qu'un Blanc peut l'être. Ses yeux laissent deux taches vertes sur ce visage sombre. Il souffle dans ses mains pour les réchauffer, libérant un parfum de café dans la nacelle, une odeur qui rappelle celle de chez nous.

— Lorsque tout cela aura disparu, vous raconterez à vos petits-enfants que vous avez connu la neige, qu'il y en avait tant que l'on pouvait glisser dessus… Ces montagnes, je voudrais les imprimer sur ma rétine à jamais.

Mon père se tait, Nic se serre plus encore contre lui, comme s'il voulait se souder à lui, opérer une fusion entre son corps, le sien, les parois de la télécabine. Sans doute s'imagine-t-il que notre père est un lointain descendant de Moïse, une sorte de prophète ne délivrant ses paroles économes qu'au sommet d'une montagne.

Une bourrasque fait tanguer la nacelle. Des pisteurs à

monoski dévalent la pente à toute allure, sans se retourner, comme s'ils étaient poursuivis par un ennemi implacable.

Nous entendons à nouveau des explosions de dynamite.

— Pourquoi ils les font exploser avant la nuit ? demande Nic.

— Ils essaient de stabiliser le manteau neigeux… Tout est si instable… Je sais que ça n'a pas été facile pour vous, dit-il en me regardant dans les yeux, je n'ai pas pu être à vos côtés… Est-ce que ça aurait changé quelque chose que je sois là ? Parfois il faut juste laisser du temps s'écouler !… Là-bas tellement de tirs ont dû être annulés à la dernière minute, nous sommes en retard vis-à-vis des Américains, des Russes et des Chinois. Avec tous ces événements… Il faut que l'Europe s'accroche. On a envoyé deux autres satellites cet automne, ils sont là, juste au-dessus de nous, en orbite basse, on pourrait les voir en regardant attentivement, ils tournent nuit et jour, grâce à eux bientôt nous pourrons nous parler au téléphone depuis n'importe quel endroit, nous pourrons même nous voir lorsque je serai en Guyane et vous ici, est-ce que ce ne serait pas bien ? demande-t-il à Nic. Presque de la téléportation, n'est-ce pas capitaine Kirk ?

Nic lui sourit.

— Tu vas repartir papa ?

— Toujours fan de *Star Trek* ? me demande-t-il.

Je hausse les épaules et détourne le regard. Est-ce qu'il pense vraiment que je vais me lancer maintenant dans une conversation sur des abrutis en pyjama dans leur décor en carton-pâte ?

Entre les pylônes la neige est déjà grise, pelée, des cailloux noirs affleurent.

Une famille de skieurs s'élance depuis Mont-Fort.

La femme a une godille parfaite, rien à dire, dans le pur style des anciens, inutilement élégante, à mi-chemin entre le ski et l'envol, elle paraît si légère et heureuse, l'homme la suit de près, il prend la piste plus en force, comme s'il voulait arracher la poudreuse de la montagne, voir ce qui se cache sous la fine couche de neige, deux petits enfants casqués les suivent en chasse-neige, leurs bâtons dressés vers le ciel comme des antennes, les masques leur dessinent des yeux immenses, on dirait presque une famille d'une autre espèce, une espèce encore apte au bonheur terrestre. Bientôt je ne distingue plus aucun d'eux, je ne vois que des trajectoires, des points qui glissent dans tous les sens, les taches minuscules d'un plus vaste paysage. Chacun ne fait que suivre sa pente, il n'y a rien d'autre à faire, se laisser glisser, tout peut s'effacer, il suffit de mettre une couche de blanc, sans cela on ne survivrait ni à la honte ni au chagrin, le monde est construit sur des crimes si nombreux que personne ne pourra jamais les réparer, tout ce qu'il y a à faire c'est glisser à sa surface, même les vieillards semblent grisés par la neige qui file sous leurs skis, retrouvant un reste d'enfance, oubliant le gouffre qui les guette.

Nous entendons deux nouvelles explosions, un banc de nuages se fragmente, laissant apparaître un reste de soleil laiteux, comme un jaune d'œuf crevé.

— Je suis désolé pour cette jeune fille. Dix minutes plus tard ou plus tôt, peut-être que tout aurait été différent. Tu ne dois pas te sentir coupable, on ne peut pas prévoir ce genre de choses, les gens ont tant de secrets, même les docteurs n'y comprennent rien. On m'a dit qu'elle avait déjà été internée dans une clinique, que ce n'était pas sa première tentative..., dit-il alors que la nacelle s'immobilise soudain, se met à se balancer sous l'effet de l'inertie.

Il se tait un instant, comme si le mouvement de la cabine conditionnait ses paroles, que le vide appelait le silence. J'observe mon père, son regard s'échappe, cherche un appui, j'ai beau lui en vouloir de nous avoir abandonnés, j'ai toujours cru au fond de moi qu'il avait des pouvoirs surnaturels, que lorsqu'il serait là nous serions de retour chez nous, dans n'importe quelle rue du monde, qu'il nous éclairerait sur la signification de chaque chose. Je comprends aujourd'hui que sa présence ne mettra pas fin à notre exil. Notre père n'a rien d'autre à opposer au chagrin que les banalités d'usage, les pouvoirs surnaturels de notre père ont tout simplement disparu.

Peut-être que c'est cela guérir de l'enfance.

Devant et derrière nous, les autres nacelles sont vides.

La cabine se remet en marche, gîte fortement puis reprend sa trajectoire sous tension.

— Il est un peu tard, dit mon père. Une dernière descente et nous rentrons au chalet !

Nous survolons la crête du glacier, là où il n'y a plus de pistes balisées, une seule trace serpente plus bas dans la poudreuse, jusqu'à une doudoune jaune fluo, seule au milieu de tout ce blanc.

Il y a une nouvelle explosion, le skieur s'immobilise sur un petit replat.

— Vous avez vu ? Le skieur, là-bas ?

Nic tente sans succès d'enlever la buée de son masque. Mon père regarde par la vitre mais le skieur a déjà disparu comme rayé du paysage, une tache fluo en moins sur terre !

Il y a à nouveau une explosion, cette fois suivie d'un bruit sourd, comme un bourdonnement qui grandit, une vague en approche, oui une vague géante ou plutôt un bruit de soufflement semblable au fouet de la chantilly dans la bombe haute pression, je tourne la tête. Depuis le col, tout là-haut, des murs de neige dévalent la pente à grande vitesse, déferlant vers la vallée, au-dessus des barrières de protection, par-delà les barres rocheuses entre lesquelles le skieur a disparu, emportant avec elle les arbustes, les rochers, les sapins.

La nacelle traverse un lambeau de nuage.

Nous retrouvons les derniers rayons du soleil, ils se reflètent sur le sommet des arbres et sur les casques des skieurs en attente, là-haut sur la ligne de crête, je plisse les yeux dans l'éblouissement des rayons.

Au-dessous, tout est calme à nouveau, l'avalanche s'est figée, la neige s'est remise en place, compacte comme du béton, peut-être quelqu'un a-t-il été emporté, peut-être essaie-t-il de creuser, sans savoir s'il se dirige vers la lumière ou s'il plonge vers l'obscurité.

Merci à la fondation Cartier-Bresson et à l'agence Magnum d'avoir permis la reproduction de cette photo chère à mon cœur.

Composition : IGS-CP à L'Isle-d'Espagnac (16)
Achevé d'imprimer par Normandie Roto Impression,
à Lonrai, le 20 décembre 2022
Dépôt légal : décembre 2022
Numéro d'imprimeur: 2205955

ISBN : 978-2-07-299135-6 / Imprimé en France

543599